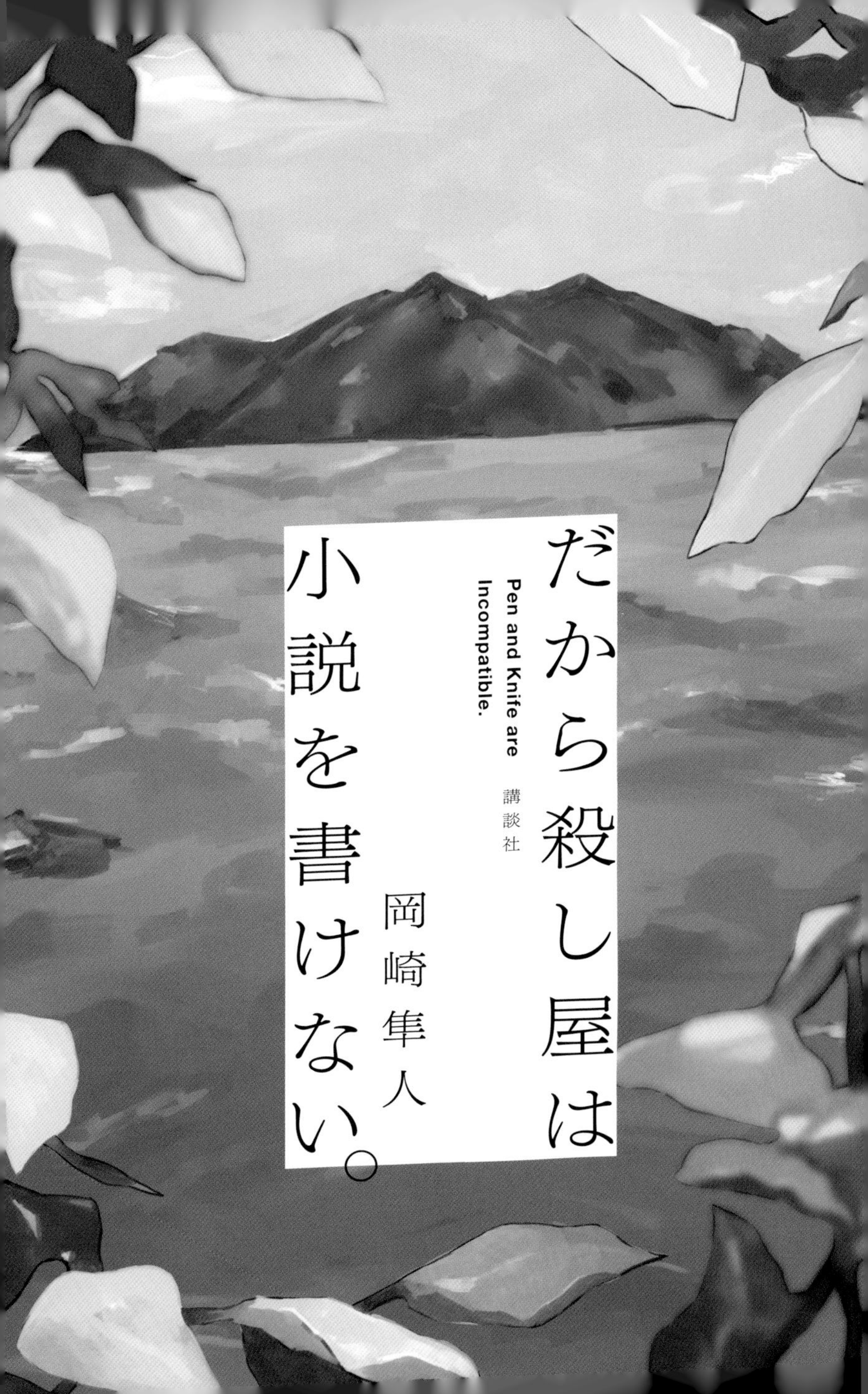
だから殺し屋は
小説を書けない。
Pen and Knife are Incompatible.
岡崎隼人
講談社

目次

装幀　川谷康久
装画　福宇地

だから殺し屋は小説を書けない。

第一章　ペンとナイフは同時に握れない。

1

殺し屋にうってつけの趣味は、小説を書くことである。

小説はいい。嘘（うそ）である。たわごとである。すべてが手の中で完結し、現実に何の影響ももたらさない。

もちろん読むことも悪くない。本は小さい。そしてよく燃える。処理が簡単だ。

ただし本を買おうと思った場合、書店に行く必要がある。つまり書店員さんと接触する必要がある。

その辺りまで考慮に入れると、おのずと読むより書いたほうが安全である、ということになる。

ということで、書いている。

バスの中。いちばん後ろの座席で、僕は小説を書いている。

書きつけているのは、ゴミステーションに置かれていた紙の束（たば）だ。裏には文字を書き尽くしてしまった。今は表側に書いている。小学生の漢字の書き取り用紙だったらしい。子どもの筆跡を縫うようにして、僕は赤い油性ペンで書き続けている。

それでも紙を使い果たしてしまう。もはや余白はない。僕は財布から紙幣を十枚ほど取り出して、そこに小説の続きを書いてゆく。

顔を上げた時、もはやバスの中に乗客はいない。

山の中。目的のバス停まで、あと数分というところまで迫っていた。

ちょうど紙幣も書き果たしたところだった。胸ポケットから目玉クリップを取り出して紙の束をまとめると、到着したバス停で降りた。

七月末の午後二時。曇天の山中は薄暗く、湿っている。

バスのお尻が見えなくなると、僕はバス停の背後の茂みに入った。

やぶに覆われた斜面を登りながら、さっき書いた小説を読み返し始める。うまく書けたのではないか。そういう期待がある。

期待は、すばやく落胆へと変わっていく。

これは……うまく書けていない。どこがどうとは言語化できない。だが……うまくいっていない。

最後の紙幣を読み終えたところで、僕はため息をついてクリップを外した。それから紙束をねじって松明のようにして、ライターで火をつける。

歩き始めて七十分が経っていた。

ちょうど紙束が燃え尽きたところで、やぶの中に山門が出現した。

『寺』に到着した。

手に残っていたかすかな紙片と灰を口に入れ、飲み込む。重い扉に手をかけて、押し開けた。

境内は、静まり返っている。地面には雑草ひとつ生えていない。

境内の構成はシンプルである。本堂と、二階建ての庫裏。そしてかれた池とイチョウがあるだけだ。すべてが今にも崩れ落ちそうなほど、古びて見える。

庫裏に人の気配はない。もうずいぶん、新しい殺し屋が育てられている様子はない。

僕はまっすぐ本堂に向かう。

木製の引き戸を開けると、またすぐ目の前に白い扉が現れる。鋼鉄製である。

防弾・防爆シェルターだ。本堂の中に、すっぽり大型のシェルターが収まっているのだ。軍や警察を主な顧客とする、アメリカのセキュリティ会社が作ったものらしい。ドアには厚さ十五センチ分のコンクリートが流し込まれている。

ドアについたチャイムを押す。ビー玉のようなカメラのレンズを見つめる。内側から、ロックが解除されるかすかな音が聞こえてくる。

金庫室のようなハンドルを回して、ドアを開ける。

正面に、薬師如来像があった。

そしてその手前に、『和尚』がいた。

いつもの柔らかい笑顔だった。手を広げていた。

近づき、抱擁する。白檀の香のかおり。

「よく来てくれたな、雨乞」

和尚は小柄だ。身長百五十センチ足らず。僕の顎の下に、つるつるの頭頂部が来る。そして和尚の年齢はわからない。六十歳にも、八十歳にも、四十歳にも見える。ぷっくりした笑顔の頬は、赤ん坊の肌にだって見える。彼はいつも清潔な袈裟と、真っ白な足袋を身につけている。

「お前の顔を見るのを心待ちにしていたよ」。彼が優しい声で言う。

「私もです」と僕は言った。

抱擁が解かれる。薬師如来に手を合わせてから、和尚と向かい合うように座布団に正座する。シェルターの中は空調が効いている。床には畳。壁には棚。棚の中には、食料と医薬品。またちょっとした銃器の備えもある。

「変わりは？」と和尚が聞く。

「ありません」

「今朝はなにを食べた？」

「八年前と同じです」

「眠れているか？」

「八時間」

「不安はあるか？」

「感じる器官がありません」

「感情の揺れは命取りになるからな」

「あなたの教えをいつも守っています」

伸びてきた和尚の手が、僕の頭を撫でた。うれしそうに言った。

「雨乞、お前は私の誇りだよ」

髪のこすれる音が心地よかった。僕は言った。

「いつでも働けます」

目の前に、車の鍵と、パンフレットが置かれる。香川県湯島。

「明日だ。詳しくは『鳩』から知らせる」

僕はうなずき、立ち上がった。和尚が僕を見上げて微笑む。

「いつもここから、無事を祈っているよ」


やぶを下ってバス停に戻る。最終バスが来るまであと二時間である。

側溝に、少年漫画誌が捨てられていた。

拾い上げ、絵やセリフを押しつぶすように油性ペンで小説を書き始めた。

やがて三百ページ強、すべてのページに文字を書き尽くした。

僕は周囲を見回した。周囲百五十メートルに人の足音がないことはわかっていた。それでも念のため、目視で確認した。

心臓がうるさくなる。僕は最初のページに戻って、自分が書いた文字を、音読しはじめた。

「男がいた。車に乗っていた。高速道路を走っていた。時速百二十五キロだった。一時間走った。時速は百三十キロになっていた。もう一時間が経った。時速は変わっていなかった。三時間が過ぎた。時速は百二十五キロに戻っていた。四時間が過ぎた。時速は百四十キロだった。五時間が過ぎた。時速は百四十キロのままだった。…………」

読みながら、自分の声がかすれていくのを感じた。小さくなっていくのを感じた。最後のページに至ったとき、主人公の男は高速道路を七千時間以上走っていた。そのときには、もう音読するのをやめていた。

おかしい。やっぱりおかしい。

書店に並んでいる小説たちと、あきらかに何かがちがう。

しかし何がちがうのかわからない。もっと男にスピードを出させるべきなのか？　それとも反対に、適度に休憩させるべきなのか？

わからなかった。小説を書き始めて一ヵ月近く経ったが、どうにも進歩しているように思えなかった。

側溝で漫画誌を燃やした。湿っていてなかなか燃え尽きなかったが、炙るようにして灰にした。

山のふもとにくっついた町に、僕のマンションはある。

部屋に戻ると、手を洗ってから戸棚を開ける。なかにはスウェーデンのメーカーが販売している完全栄養食のパウチが詰まっている。石灰そっくりの色をしたドリンクとバーをひとつずつ取り出して、立ったまま食べた。

シャワーを浴びる。僕の鎖骨のあいだには、朱鷺をモチーフにした刺青がある。寺で育った証である。新しいTシャツを着て、部屋の真ん中に置かれたベッドに横になる。ほかに家具はない。

小説を読みたかった。自分の書いたものではなく、書店に並んでいるような、小説家が書いた小説を。

しかし、部屋には一冊も置いていない。

だから目をつむり、記憶している作品を、頭の中で最初のページからめくっていった。

やがてそのまま眠ってしまった。

「湯島っていう瀬戸内の島で、男をひとり拷問して殺して〜」

『鳩』はいつも歌うように喋る。

今朝早く、僕はマンション近くの月極駐車場を訪れた。そこで和尚から預かった鍵を使い、黒いハイエースに乗り込んだ。岡山最北端の町から、最南端の町を目指す。湯島に向かうフェリーは、瀬戸内海に面した、宇野という港町から出ているのだ。

そして車を走らせながら、ハンズフリーキットを使い、鳩から仕事の説明を受けているというわけだった。

「いつものように、ダッシュボードに資料入れてるから、あとで目〜通しといてね〜」

鳩と呼ばれる女性は、僕たち殺し屋と和尚をつなぐ連絡係だ。

和尚に新しい仕事を命じられるとき。まずは支給されているスマートフォンに鳩から電話がかかってくる。「〇日〇時に寺においで〜」。言われた通り、寺に出向く。そこで和尚と少しの会話を交わし、必要な道具を受け取る。そしてふたたび鳩から、詳しい説明を電話で受ける。僕は仕事に出向く。終われば自宅に戻る。そして次の連絡を待つ。

いつもこの流れで仕事をしている。

鳩の姿を見たことはない。声を聞く限り、彼女が二十歳を超えているとは思えない。だが、僕がこの仕事を始めた八年前から、鳩は鳩として鳩の役割をこなしていた。先輩なのだ。

「鳩さん」。僕は尋ねた。「拷問なら僕よりも、『煮こごり』さんの方が向いてるんじゃないですか？」

「だめだめ〜。今回は万が一にも死体が見つかったら困るの」

「つまり？」

「ほとけ様、警官なんだよね〜。湯島にひとつだけある駐在所に、ひとりで住み込んでる巡査部長〜」

なるほど。鳩は続けて言う。

「だから今回は失踪扱いにするのがマストなの。拉致してるところを見られてもだめ。死体が見つかるなんて論外なの〜。だから和尚も、いちばん器用な雨乞くんにお鉢を回したんでしょ」

ハイエースの床は上げ底されている。死体を隠すことができる。和尚の采配に誤りはない。

さらに鳩は言う。

「で、ほとけ様がおまわりさんってことに加えて、もうひとつ厄介な点があるんだよね〜」

「というと？」

「二ヵ月前に、その島で殺人事件が起きちゃったんだ〜。未解決なの。だからたぶん、まだ捜査員が何人かウロチョロしてるはず〜」

その殺人事件と、この仕事は、何か関連がありそうですか？

とは聞かない。僕が知っておくべきことなら、和尚は鳩を通じて教えてくれる。教えてくれないということは、僕が知る必要のない情報ということだ。

鳩は言う。

「ちなみに捜査本部は、湯島じゃなくてその隣の枕野島の枕野警察署に置かれてる。湯島駐在所の本署だよ〜」

「了解です」

「ってことで、雨乞くんに頑張ってもらうわけだね～。煮こごりにやらせたら、現場がクラブのトイレみたいに大荒れになっちゃうからさ」

煮こごりは、同じ「寺」に所属する殺し屋である。先輩だ。同じく和尚に育てられた。残虐な殺人を得意とする男で、殺しに「脅し」の効果を付与したいときに重宝される。一度だけ、彼の仕事を防犯カメラ越しに見たことがあった。鬼神と呼ぶべき働きぶりだった。

「あともうひとつ～。納期が短いんだよ。限界まで引っ張って明日の夜がリミット～」

なるほど。それは厄介である。たいていの仕事は、和尚が一週間程度猶予を設けてくれるのが普通だ。

「檀家さんの『**レシピ**』も届いてるから、しっかり頭に入れといてね～」

なるほど。と僕は思う。


信号待ちのあいだに、資料に目を通す。

写真が三枚と、A4書類が十枚程度。島の地図も入っている。

ほとけの名前は、藪池清。六十一歳。枕野署湯島駐在所に勤める巡査部長である。

六年前に湯島に赴任してきた。駐在所にひとりで住み込んでいる。妻は二十年以上前に死別したきり。再婚はしていない。四十二歳の娘がいるが、彼女は本土の香川県丸亀市にいる。

望遠カメラで撮影された写真を見る。制服姿の藪池が、自転車の空気を入れている。

身長が高そうだった。百八十センチ強か。体格は良いが、頬がこけている。半分程度白くなった髪が、顔の周りで踊っている。無精髭が生えていた。目つきが鋭く、険しい。妙にやさぐれた印象を与える男だった。

書類の最後に、鳩の言うところの「レシピ」があった。

実行するべき、拷問のメニューが記されたものである。

なるべくクリティカルなダメージを先延ばしにして、少しずつ人体を破壊していく具体的な方法と順番が、A4用紙三枚を使ってディテール豊かに記載されていた。

寺では依頼者のことを『檀家』と呼ぶ。

僕たちのような殺し屋に、檀家さんの個人情報が知らされることはない。その人が何者か。また、なぜ対象者を殺したいと思っているのか。そういったことは、機密事項である。知っているのは和尚だけで、鳩も知らされていないはずだ。僕たちも知りたいとは思わない。

その檀家さんのなかに、いつも自分で考案した拷問メニューの実行を求めてくる檀家さんがいるのだ。そしてその檀家さんは、拷問の様子をオンライン会議ツールで生中継させる。もちろん自分を映すカメラはオフにして。

僕はその檀家さんの仕事を、これまでに二度こなしている。これで三度目になるわけだ。おそらく僕以外の殺し屋も、彼ないし彼女からの仕事を受け持ったことがあるはずだ。

お得意さんということである。

レシピの右上には、正方形のふせんが貼(は)られている。青いボールペンで描かれた、鳥のハトの絵。そのくちばしから、「雨乞、がんばれ」という言葉が発せられている。鳩からのメッセージである。

そしてその下に、「① 7/27 22:00－② 7/28 22:00－」というメモがある。今夜十時か、明日の十時に実行してくれ、という意味である。

わりと難易度の高い仕事であると思う。

それでも、実行しない、できない、という選択肢はありえない。

和尚に教えてもらったエピソードがある。かつて『蟬しぐれ』という殺し屋が寺にいた。僕のずいぶん先輩だ。優秀な殺し屋だったが、ある日とつぜん「もう働けない」と駄々をこねだしたらしい。それで彼は破門された。寺から派遣された、別の殺し屋に殺されることとなってしまった。「働かないものを養う余裕はないんだよ」。和尚は僕にそう言った。

南下するに従って、空から雲が消えていった。三時間近く走り、宇野に到着する。湯島へのフェリーは、一日三本しか出ていないらしい。船の時間まで、あと一時間近くあった。

車を流して、町の中を回遊する。

商店街の中に、小さな書店があるのを発見した。

狭い店だった。高齢の女性がひとりでレジに座っている。防犯カメラはなし。万引き防止のミラーが、天井の隅でぼんやり光っていた。

売られている本は、けばけばしい雑誌や、色の褪せた実用書ばかりだった。小説が置かれた棚は、肩幅くらいの面積しかない。それでも、心拍数が高まっているのを感じた。

一冊の本に目が留まる。『海底のひまわり』。椿依代。

買わずにはいられなかった。レジ横にあった赤い油性ペンとあわせて、代金を支払う。店を出る。

　この本を買うのは、これで七十六度目である。この本が、小説を読むように、また小説らしきものを書くようになったきっかけだった。


　港に戻り、車ごとフェリーに乗り込んだ。

　平日の午前十一時。島まではおよそ五十分かかる。

　座席の埋まり具合は、二割程度だった。ほとんどは島に暮らす人々だろう。観光客らしい日本人や外国人はまれだ。

　客室の中央にはテレビが置かれていた。ニュース番組。二ヵ月前に島で起きたという、殺人事件を伝えていた。鳩が言っていた、未解決事件だろう。

　被害者は、久津輪汐（くつわしお）という女性である。二十三歳。日本画家。画面に映る久津輪汐は、長い髪を左右でピンクと緑に染め分けていた。着物を着て、巨大なキャンバスに向かっている。

　湯島には、香川県の文化事業の一環として招聘（しょうへい）されていたらしい。数ヵ月後には、島のギャラリーで個展を開く予定だったそうだ。

　また、彼女の父親がいわゆる有力者であることも伝えられた。香川県で医療福祉系の学校と、総合病院を経営する「くつわ学園」の前理事長・久津輪鳳太郎（くつわほうたろう）なる人物らしい。

　久津輪汐の死体は、湯島の西部にある林の脇（わき）で見つかった。死因は失血死。凶器は両刃の刃物とみなされているが、まだ見つかっていない。

　奇妙なのは、実際に彼女が殺された場所は、発見現場から百メートル程度離れた地点であるということだ。つまり彼女は、殺された場所から、ずるずると百メートルほど引きずられたということである。「なぜでしょうか？」とキャスターは言った。

なぜでしょう？　と思いながら、僕は自販機で水を買う。プロは無駄なことをしないからわからない。客室を出て、デッキの隅にベンチを見つける。

小説を読み始めた。波の音が消えた。

この小説を初めて読んだのは、今から一年近く前のことである。

そのとき、僕は鳥取県で、とある神社の禰宜を殺害しようとしていた。その禰宜が殺される理由はわからない。殺される瞬間、金は返すという言葉と、別の新興宗教の団体名を繰り返していたが、関連はわからない。

その夜、愛人宅から出てきた禰宜は、電動自転車で書店に寄った。そして成人向けの漫画誌と、ハードカバーの本を一冊買った。自宅に帰る途中、ひと気のない道で、僕の運転するアルミバントラックにはねられた。僕は彼を自転車ごと車に乗せて、場所を移してから、仕事を終えた。

そのとき使っていたアルミバントラックには、ペット用の火葬炉が積まれていた。五十五キログラムまでの動物を処理できるものである。和尚の目論見通り、小柄な体格の禰宜は炉に収まってくれた。

炉に火を入れたあとで、助手席の足元に転がっていたハードカバーに気づいた。火葬が終わるまでには三時間半かかる。僕は運転席のシートに背中を預けて、炉が稼働するかすかな振動音に耳を傾けていた。それから何の気なしに、本の一ページ目を開いた。なぜそんなことをしたのかわからない。表紙に惹かれたのか、タイトルに惹かれたのか、それとも背後で燃える男がそうさせたのか、わからない。

とにかく、小説などというものを読むのはそれが初めてのことだった。

そして心臓をぶん殴られた。

アラームの音で我に返った。火葬が終わったのだ。唖然とした。もう一度表紙を見た。『海底のひまわり』。作者は、「椿依代」。

その夜から僕は、小説を読むようになった。椿依代という小説家の作品を、すべて読んだ。もうひと通り読んだ。もうひと通り読んだ。それからほかの作者の本も読むようになった。それでもやっぱり、椿依代の作品が特別なものに思えた。

椿依代は覆面作家だった。覆面作家などという概念も、そのとき初めて知った。殺し屋と同じだ。顔と名前を隠している。しかし、しかし奪うのではなく、強烈な何かを世界に産み落としている。

ただし、小説を読むようになったことを、和尚には明かしていない。

和尚に明かしていないということは、誰にも明かしていないということである。

なぜだか理由はわからない。わからないが、そうしたほうが和尚に心配をかけなくて済むのではないか、という気がするからである。知ると和尚が怒り、悲しむのではないか。和尚は変化を嫌う。余計な負担をかけたくなかった。

生まれて初めて、和尚に秘密ができたということである。正直に言えば、少しだけ後ろめたかった。

だからこそ、部屋に小説を置きたくなかった。小説を読みたいときは、書店を訪れる。本を買うと、ひと目につかない場所で一気に読む。そして読み終えると、処分してから家に帰る。本を捨てる時、少しだけ後ろ髪を引かれる感じがする。

和尚はもちろん、誰かが自宅を訪ねてきたことなど、この八年間一度もない。それでも、その習慣を続けた。すると『海底のひまわり』を七十六回買うことになってしまったわけだった。

そして一ヵ月近く前から、自分でも書くようになった。殺した相手の胸ポケットから、油性ペンが出てきたのだ。相手が大麻の鉢を隠していた段ボール箱もあった。震える手で、崩した段ボールに書いてみた。まるでマジックだった。自分の手から、つい一秒前まではこの世に存在しなかったものが紙の上に溢れていた。

読み返してぎょっとした。これは……なんだろう？　何かが、明らかにおかしかった。それでも続けていれば上達するのではないかと思って、毎日書いていた。

『海底のひまわり』の主人公は、十歳のとき、両親に命じられるがままに細菌テロの手伝いをした男である。両親はカルト宗教を信奉していた。実行犯であるふたりは、教祖と同じように長い裁判の果てに死刑執行を待つ身となった。主人公は名前を変え、過去を隠し、他者を遠ざけて育った。しかし青年になった彼は、ひとりの女性と出会う。他者と生まれて初めて親しくなる。恋心に近いものまで芽生える。ところが、女性の父親が、くだんのテロの被害者であり、現在も植物状態にあるということがわかってしまう。女性の家庭は、テロによって崩壊していたのだ。

七十六回目に買った『海底のひまわり』も、すさまじかった。フェリーが島に接岸したときの振動で、ようやく現実に引き戻された。八十ページほど読んでいた。ちょうど主人公が、病院で眠る女性の父親と対面する場面に差し掛かったところである。もっと読んでいたかった。このあと、主人公は、自分の正体を明かすか否か煩悶することになる。この作品に限らず、僕は椿依代の全作品の全文を暗記している。それでもやっぱり、本物を読むと時間を忘れてしまうのだった。

何がちがうのだろう？　自分が書くものの、どこが悪いのだろう？

知りたかった。だれかに教えてほしかった。もちろん叶うはずもない望みだった。

デッキを降りて、ハイエースに戻った。

ハイエースの座席は、最前列の運転席と助手席しか残していない。後ろは取っ払って広いスペースを作っている。今そこに置かれているのは、カメラバッグや工具箱、ＭａｃＢｏｏｋやアルミシートのロールといった仕事道具、そして一脚の重たい樫の木の椅子だった。

ほかの車に続いて、ゆっくりとフェリーを下りる。島に上陸した。

こんもりした緑の山を、そのまま海に浮かべたような島だった。

全周およそ二十キロ。三十分あれば車でひと回りできる。

フェリーが到着した港は、島の北側の集落に位置する。島には集落がみっつだけ。北の端と東の端と南の端にひとつずつ。あとは森と林と少しの棚田が、島の表面を覆い尽くしているようだった。

港には、待合所と駐車場があった。少し離れたところにビジターバース。クルーザーが一隻泊まっている。さらにその向こうに、島民の使う漁船が並んでいた。

目的の駐在所も、この神浦という集落にある。

港の駐車場に車を入れた。防犯カメラはなし。電話するふりをして、フェリーから降りたばかりの人や車がはけるのを待った。窓を開けると風が抜けた。島の日差しは強烈だった。しかし湿度は少なく、からりとしていた。

ゆっくり車を出した。

湯島駐在所は、港から目と鼻の先にあった。

十字路の角に位置している。周囲はみかん畑とオリーブ畑。その間にぽつぽつ民家。離れたところに小さなガソリンスタンド。

駐在所は平屋である。茶色の壁面に、波の模様が描かれている。

駐在所の横を走りぬけながら、確認すべきことを確認する。

まず入り口の正面にある駐車場に、ミニパトは停まっていなかった。鳩の資料によると、スズキのジムニーを改造したものが使われているらしい。しかし今は、駐輪スペースに原付バイクが一台停まっているだけだった。藪池清は不在ということだろう。

そして駐車場と入り口を押さえられる位置に、防犯カメラがあった。ビジョンユース社の「NS－V2510」か「NS－V3510」で間違いない。中四国の交番・駐在所に、屋外用カメラとしてよく設けられているものである。夜間撮影が可能だが、音声の録音はなされない。

もちろん、駐在所の中にも防犯カメラはあるだろう。

そして駐在所の背後に、こぢんまりした平屋の家がくっついている。ここが藪池清の居住スペースだ。駐在所の中に、居住スペースに通じる扉があるはずである。

駐在所と居住スペースの周りを、アルミのフェンスが囲っている。道に面したところに門がある。

裏側に、大きな掃出窓があった。ほんの一瞬、窓の下に水色のものが見える。サンダルであろう。

裏の畑にはオリーブの木が茂っている。そしてオリーブを挟んで、狭い道があった。道には側溝がある。広過ぎも、狭過ぎもしない、ちょうどよい側溝である。

スピードは緩(ゆる)めない。そのまま車を走らせて、駐在所から離れる。

集落を回る。役場、郵便局、診療所。ビニールハウス、個人商店、小中学校。いちおうはこのあたりが島内でいちばん栄えているエリアらしい。すれ違うのはお年寄りが多かった。草ぼうぼうのやぶの中に、小さな漁船がひっくり返って朽ちている。

少し県道を外れただけで、とたんに道が狭くなる。ハイエースでは厳しい道も多い。集中して走り、道路の網を自分の血管のようになじませてゆく。

それから島の外周を回るようにして、東側の集落へと向かった。集落と集落のあいだは林ばかり。東の集落・沢渡(さわたり)にたどり着く。こちらのほうが、北の集落よりも少しだけ面積が広いようだ。そしてこちらのほうが古い建物が多い。空き家も多い。記憶してゆく。

かつてはカトリックの活動が盛んだったようだ。集落のはずれに、古い教会と乳児院があった。しかし今では廃墟化していて、近づく人もいなそうだった。

そして南の集落・糸見へ。こぢんまりした港があった。主に島の人々が、漁業のために使う港らしい。ただし高松方面に向かう高速艇も、この港から出るようだ。

港の近くに、ゲストハウスがあった。「ｅｎむすび」。古い家屋に手を入れた宿らしい。

店の脇に、エプロン姿の少女がいる。そしてその少女と話す、スーツの男女がいた。海に浮かぶクルーザーを指しながら、会話していた。

刑事である。

彼らの横を走り抜けると、僕は海とは反対側に進んでみた。つまり山を登ってゆくようになる。

舗装の途切れた細い道を見つけた。嗅覚が働く。ハイエースでむりやり突っ込んでみる。

校舎の廃墟があった。

閉ざされた門の横に、朽ちた札がかけられている。「湯島小学校糸見分校」と読み取れた。

門には錆びた鎖。大型の南京錠。その南京錠もまた、鍵穴まで錆に蝕まれている。これではシリンダーは回らない。つまりしばらく誰も足を踏み入れていない。

ハイエースの後部ドアを開け、カメラバッグを取り出した。中にはデジタルカメラが二台と、レンズが四本。そして中型のドローンが一機入っている。

カメラのひとつ、ソニーの「α7RⅢ」を取り出して、五十ミリの単焦点レンズをつけた。

ハイエースの後部にまわり、リアラダーを登って屋根の上にあがった。

分校の写真を、何枚か収める。それから反対を向いて、眼下に覗く海と砂浜を何枚か撮る。海鳥が飛んでいたので、レンズを付け替えてそれも撮影した。

カメラバッグのポケットには、名刺が入っている。僕は仕事の時、カメラマンを演じることが多い。今回も、岡山の広告制作会社に依頼されて素材撮影に来たカメラマン、という設定を持っている。もちろん偽の身分証明書も準備している。

島の中央部を抜けて、西側へ向かった。

西にもかつては集落があったらしい。今は林の隙間にぽつぽつと民家と空き家が点在しているくらいだった。ほかには棚田と畑と小さな牧場くらいか。車や島民とすれ違うことはほとんどなかった。

この西側の一角で、久津輪汐の死体は見つかったという。無用なリスクを犯す必要はない。僕はそのあたりには近づかないことにした。

さて、運転しながら考える。

いかにして、巡査部長を拉致するか？

過疎が進む島とはいえ、駐在所の周りには民家がある。また、駐在所の正面には防犯カメラがある。そして相手は初老に近いとは言え、一応は逮捕術を身につけた男性である。

もちろんやりようはある。

ふたたび島の北部を目指した。

港の駐車場に車を停める。ハッセルブラッドの「X1D」というミラーレスカメラだけ持って、僕は車を降りた。

島についてから、二時間が過ぎていた。

駐在所の前に、藪池清がいた。

近づかず、日陰（ひかげ）に入り、スマートフォンを耳にあてる。目を凝（こ）らした。

藪池はやはり身長が高かった。路肩に停まったワゴンRの運転手と、窓越しに話している。ワゴンRには、「富留屋（ふるや）診療所　往診車」と書かれていた。

藪池は、運転手から窓越しに何かを受け取ったようだった。往診車は走り去ってゆく。医者だろう白衣の運転手の、つるっとした横顔が一瞬見えた。

藪池は制帽を脱いで、駐車場に停まったミニパトの屋根に置いた。汗をぬぐった顔色があまり良くない。受け取ったばかりのペットボトル、おそらく経口補水液を口に含み、漢方薬らしき粉薬を飲んで顔をしかめた。体にどこか悪いところがあるのか？　あるいは単純に、酒が残っているようにも見える。

やがて、彼が駐在所の中に目をやる。電話だろうか。制帽を掴（つか）むと、中へと入っていった。


適当な被写体を何枚かカメラに収めてから、車に戻った。

体のだるさを少しだけ感じたので、助手席のリュックを開けた。完全食のパウチ。ドリンクを飲み、バーを食べた。

鳩に電話した。

「おそらく今夜の十時で大丈夫です」

「さっすが〜。和尚に伝えとくね〜。あとでウェブ会議の招待メール、雨乞くんに送っとくね〜」

十分ほど休んでから、車を出してふたたび島の南部へ向かった。

分校の前にたどり着く。ハイエースのシートを少し倒した。

小説『海底のひまわり』を取り出して、フェリーの続きを読み始めた。

女性がテロの被害者家族と知った主人公は、悩んだ末に、真実を打ち明けることを決める。ところが、女性は姿を消していた。なぜか？ 主人公は女性を探す。その捜索の過程でわかるのは、女性が主人公の正体を知っていたということである！ 女性は、復讐(ふくしゅう)のために主人公に近づいてきていたのだ。主人公を殺し、ただぼんやりと拘置所で死刑を待つばかりの実行犯に苦しみを与える。そうした計画を隠していたということが明らかになる。主人公は愕然(がくぜん)とする。そしてそれ以上に、あらためて過去の行いへの罪悪感に引き裂かれる。しかしそれでは、それではなぜ彼女は、実際に主人公を殺さなかったのか？ 物語は終盤へとなだれ込んでゆく。

気づけば、夕方になっていた。エピローグを読み終え、本の最終ページを閉じると、油性ペンを取り出した。居ても立ってもいられなかった。

本の表紙カバーを取り去り、オフホワイトの表紙に直接文字を書き始めた。そこがいっぱいになると、次は見返しに。次は扉に。いよいよそこも尽きてしまうと、本文が印刷されている用紙に書き始めてしまった。赤い油性ペンで大きめに書くので、小さな活字の上に書いても読みとれる。

しかしなんだか、すさまじく冒瀆(ぼうとく)的なことをしているような気がした。だが、手は止まらなかった。

うまく書ける秘密が、この「本」というメディアにあるのではないか。この「本」にさえ書けば、僕が書いているものも、少しはましになるのではないか。キャンバスにあるのではないか。そういうかすかな期待があった。

また、この本をすぐに捨てる必要がないということも気を昂ぶらせていた。今回の仕事が終わって家に帰るまでは、手元に置いておけるわけだ。とても特別な感じがした。

夢中で書いていると、不思議な想像が頭に浮かんできた。それは、僕がこうして書いている小説が、書店に並んでいるという幻想である。笑ってしまった。背表紙の下のほうには、名前が書かれていた。はっきりとは読めない。でも、雨乞という名前ではないのは確かだった。覆面作家になっているのだ。顔を隠して、別の名前で、殺人とはちがう仕事に従事しているわけだ。僕は笑った。笑いながら、なんだか喉が詰まり、胸の内側が苦しくなるのを感じた。

そしてすべてのページを書き尽くし、最後の見返しの紙も文字で埋め、表紙カバーの裏、最後に帯の裏も真っ赤にしたところで、ペンを置いた。ちょうど油性ペンのインクも涸れていた。

息が熱くなっているのを感じた。

ペットボトルの蓋をむしりとるようにして開け、一息に残りの水を飲み干した。それから最初のページに戻った。外は真っ暗になっていた。

読み返そうとしたところで、指に力が入らないことに気づいた。まるで筋肉が萎えてしまったようだった。

読むのが、こわかった。指がかすかに震えていた。

むりやり笑った。「大丈夫大丈夫」、と自分の手首を叩きながら言った。

十ページほど読んだところで、本を閉じ、ダッシュボードに突っ込んだ。ペンを折って灰皿に捨てた。なんでこんなもの、恥ずかしげもなく書いていられたんだ？

午後九時十九分。駐在所の裏。オリーブ畑を挟んだ、狭い道路。

僕は、ハイエースの左後輪を、側溝に脱輪させた。

ヘッドライトをオフ。周囲に闇（やみ）が降りる。ひと気はなし。時折思い出したように、駐在所の表側の広い道路を自動車が走り去ってゆく。虫の音。

居住スペースの掃出窓から、蛍光灯の光が漏れている。

カーテンの奥で、人影が揺れている。

工具箱から、ナイフを取り出した。トップス社のラピッドストライク。非常に細身なナイフだ。

右の手のひらを、ざっくりと切る。

溢れる血を、自分の顔半分に塗る。服にもつける。服は前もって、白いシャツに着替えている。

傷にサージカルテープを貼って止血する。その上からぴったりフィットする、ラテックス製の透明なゴム手袋を両手につける。

ナイフを工具箱に戻して、車を降りた。

居住スペースを囲むフェンスに近づく。アルミの門に触れる。門扉を開けながら、「助けて……」と言った。

「すみません……助けてください……」

足で地面を擦るようにして、光が漏れる窓に近づく。窓の下にはやはりサンダルがあった。

「助けて……」と言いながら、窓を手のひらでたたく。

ザッ、とカーテンが開く。

藪池清。彼からよく見えるように、僕は自分の顔を上げる。

「な……どうした……!」

窓が勢いよく開く。

藪池は、紺のリネンのパジャマを着ていた。手にスマートフォンを握っている。

部屋の中がちらりと覗く。ローテーブル。刺身と酒瓶。エアコンの冷たい風。テレビはあるがついていない。藪池以外の人間の姿は見えない。

アルコールの匂い。相手が酒を飲んでいることは、たいていの場合良い方向に働く。

「脱輪して、車が……」と僕は震える指で示す。オリーブの向こうに、うっすらとハイエースが見える。

「頭を打ったのか?」

「大丈夫です。ただ友達が……」

「わかった、座って。ここで待っておきなさい」と藪池がサンダルをつっかける。

耳を澄ませる。部屋の中に、やはり藪池以外の気配はなし。藪池も、奥に声をかけたりしなかった。

藪池が僕の横を抜けて、道に出る。ハイエースの方へ走って行く。予想よりも彼の足取りは軽快だった。

まだハイエースからかなりの距離を残したところで、彼は足を止めた。

「同乗者なんて……」

振り返りかけた彼の首に右腕を回す。

一気に引き寄せ、もう片方の手のひらを後頭部にあてる。軽く押す。

左右の頸動脈が締まり、脳への血流が制限される。

彼の抵抗はすばやかった。サンダルを脱ぎ捨てると、僕のつま先に踵を落としてきた。何度も、鋭く。

僕はそのままにしておいた。九秒後に、彼の力は抜けた。

2

ハイエースの後部スペースは、銀色に輝いている。

ここに来る直前、アルミシートを床と壁と天井に貼ってきたからだ。農業用のシートである。大判で強度も高いので、よく使っている。

彼を寝かせる。

手足に手錠をかける。口にテープを貼る。

体の上に、余ったシートをかける。サンダルもその横に置く。彼はスマートフォンとタバコ、そしてボールペンを持っていた。回収する。また手首にスマートウォッチもつけていた。通話機能のないものだったので、そのままにしておく。

Pフォンなどと呼ばれる、GPSつきの公用携帯電話は身につけていなかった。

駐在所の居住スペースに戻り、窓を閉める。鍵はそのままで構わない。血が垂れてないか念入りに確認する。門扉を閉める。

ハイエースは４ＷＤである。ハンドルを右側に思い切り切ってアクセルを踏む。三輪が駆動すれば、一輪くらい脱輪していても問題ない。

ボルトカッターで、分校の門にかかった鎖を切断する。

車を入れた。校舎の裏へ。校舎と、竹の茂る斜面の間に、停車した。

藪池はすでに目を覚ましている。身をよじっている。

午後九時四十分ちょうど。

準備を始める。

まずフロントとサイド、リアガラスをシートで塞(ふさ)ぐ。

ＭａｃＢｏｏｋを立ち上げる。ウェブ会議への招待メールが、鳩から届いていた。

ＭａｃＢｏｏｋに、ソニーのカメラをつなぐ。ショットガンマイクを取り付ける。三脚を立てて、車の後部スペースがしっかり撮影できるように固定する。

藪池は静かにしていた。わめいたり怒鳴(どな)ったりしなかった。じっと黙ったまま、僕を睨(にら)んでいた。

カメラの正面に、樫の椅子を置く。

藪池の体を抱いて、椅子に座らせる。ここぞとばかりに頭突きを食らわせようとしてくる彼をいなしながら、あらためて拘束。両手の手錠をいったん外して、左右の手首をそれぞれ肘置きに結束バンドで固定する。両足には手錠をはめたままにしておく。

工具箱を開いて中身をあらためる。藪池の目が、道具たちに吸い寄せられているのがわかる。

胸ポケットで、藪池のスマートフォンが鳴った。なぜか騒がしいトランスミュージックだった。画面を見ると、「講談社・丸川様」と表示されている。出版社である。じきに電話は鳴りやんだ。

シガーソケットから電源を取って、ナンライト社のライトを立てた。まだオンにはしない。

僕は藪池の前に行った。膝を折り、目線を合わせて言う。

「一時間半から二時間ほどかかります。大声を出してもかまいません。罵倒してくださってもかまいません。また、失禁したり脱糞したりしてもかまいません。自然な生理現象です。あなたを笑う人はここにはいません。あなたの命が助かることはもうありませんが、不当にみじめに感じる必要はありません」

それから彼の口をふさぐテープに指を伸ばした。

ゆったりしたパジャマで隠れていたが、彼の体は震えていた。

テープが取り去られると、彼は噛みしめるように言った。

「絶対に逮捕してやる。仲間がいるならお前の仲間全員、あげてやる」

「あなたが生きてこの車を降りることはありません」

「駐在所で警官拉致して、逃げおおせられるわけがないだろう?」

死体さえ見つからなければ、最終的には失踪になる。目撃者がいてもカメラに保存さえされていなければ、最終的には見間違いになる。いつだってそうだった。

しかし僕は何も言い返さない。ライトのスイッチを入れる。アルミシートに乱反射して、車内に光が充満する。藪池が、歯を鳴らしながら目を細める。

僕は黒いバラクラバをかぶる。目だけが表に出る。

九時五十九分。ウェブ会議に入室する。

すでに①という人物と、②という人物が入室していた。

どちらもカメラがオフになっている。どちらかが依頼者であり、どちらかが鳩ないし和尚ないし鳩&和尚である。

僕&藪池は、③として入室していた。

僕はカメラの前に立ち、レンズに向けて、首を傾(かし)げながら指でOKサインを作った。「映像や音声に問題はありませんか?」と声を出す。その仕草(しぐさ)を三回繰り返した。

チャット欄に反応はない。OKということである。

僕はカメラの前から体をどかした。

これで①と②が見つめるモニターに、藪池の姿が映し出されているはずである。

藪池はレンズを睨んでいた。そして言った。「断言する。貴様は、貴様らは、全員逮捕される。かならずだ」

「それでは始めます」と、僕は言った。一拍置いてから、藪池に問う。

「『**マガイモノ**』とはどういう意味だ?」

思いもよらない言葉だったのか、藪池は口を半開きにして僕を見た。

僕はもう一度繰り返した。

「『**マガイモノ**』とは、どういう意味だ?」

これが、依頼者に用意された「レシピ」の、最初の項目である。一言一句違(たが)わず、このように問え、と記されていた。

そして以後、拷問を進めてゆく中で、適宜この質問を繰り返せ。そして答えを引き出せ。という指示であった。

マガイモノ。依頼者にとっては、なにか大切な意味を持つ言葉なのだろう。

そして僕には意味のわからないものである。わかる必要がないものである。

僕は道具箱からニッパーを取り出した。メニューの二番目の項目が、彼のまぶたを切り取るというものだったからだ。以下、拷問は六十六番まで続く予定である。このハイエースには防音材がたっぷり使われている。そしてこのロケーションである。いくら大声を出されてもかまわない。

ニッパーを手に、藪池に近づく。

藪池から出てきた言葉は、少々予想外なものだった。

「マガイモノって……もしかして、殺人事件に関(かか)わっているのか？　久津輪汐の」

間髪いれずに、僕は言った。

「『**マガイモノ**』とは、どういう意味だ?」

「そうか……そうか……これはあの事件に関連しているのか……。おい、どうだ？　そうなんだろう?」

「『**マガイモノ**』とは、どういう意味だ?」

「ああ……そうか！　貴様ら、俺が犯人だと思い込んでるんだな？　それで復讐しに来たんだな？　バカどもが！　首謀者は誰だ？　被害者とどういう関係にある？　親か？　恋人か？」

なるほど、と僕は思う。マガイモノという単語は、どうやら例の殺人事件に関係しているらしい。ニュースでは伝えられなかったキーワードだ。マスコミには伏せられている情報なんだろうか？

いずれにしても、藪池の推理が正しい可能性は十分にあった。彼の言うとおり、依頼者は事件の被害者・久津輪汐と親しい人物なのかもしれない。そしてなんらかの理由で、犯人が藪池であると断定し、復讐を寺に依頼したのかもしれない。ありえない話ではまったくない。

藪池が、笑いを爆発させた。

天井を仰いで、げらげら笑った。

それから僕の目を見据えて、歯ぎしりするように言った。

「俺が人殺しなんかするわけないだろう」

「『**マガイモノ**』とは、どういう意味だ？」

「俺に人殺しなんてできない。お前たちは間違っている」

拷問を進める必要がある。

僕は右手で彼の頭をつかんだ。

彼が激しく頭を揺さぶる。眼球を傷つけてしまわないよう、注意する必要があった。今はまだその段階ではない。

藪池のスマートフォンがまた鳴った。集中したい。藪池の頭をつかんだまま、スマートフォンを足元に置いた。

　近づいてくるニッパーの刃先に、藪池の唇の端から唸り声が漏れる。十本の指が肘掛けの先でめまぐるしく踊る。

　その手首で光る、スマートウォッチの画面。

　さっき届いたメールの一部が表示されていた。

「差出人／講談社・丸川様
件名／初稿、拝読しました！
本文／椿依代様　突然のお電話すみませんでした！　気が高ぶっ」

　なに？

　顔の真ん中で火花が弾ける。

　藪池に頭突きを食らわされていた。右手の力が抜けていたのだった。

　うまく整理できない。椿依代？　なぜその名前が、ここで？

　よろめくふりをしてスマートフォンを拾い上げる。背中でソニーのカメラからの死角を作りながら、藪池の顔にかざす。顔認証でロックが解除される。彼の頭をふたたび押さえたまま、死角でスマートフォンを操作した。すばやく。

「差出人／講談社・丸川様
件名／初稿、拝読しました！
本文／椿依代様　突然のお電話すみませんでした！　気が高ぶってしまって……。初稿、素晴らしかったです……！　また詳しい感想（基本的に絶賛です）と、ちょっとしたリクエスト（ほんとうにちょっとしたものです）をお伝えさせてください。明日で時間のご都合のよいときはございますか？　何卒よろしくお願いいたします。本作のラストシーン、『海底のひまわり』のそれを想起いたしました。椿様の新しい代表作になるのではと期待しております。」

過去に届いているメールをざっと眺めた。このスマートフォンの持ち主は、「講談社・丸川様」なる人物と、実に長くやりとりを続けていることがわかった。そして更に、ほかの大手出版社の社名を冠する人物数人とも、メールを繰り返していた。

すべての人物が、このスマートフォンの持ち主を、「椿依代」と呼んでいた。

会話の内容は、いつも小説の話だった。ゲラ。重版。装丁。献本。キャラクターアーク。知らない単語も混ざっていたが、すべて小説にまつわる言葉だということはわかった。

連絡先一覧を開く。家族や友人らしき人物たち、また警察署や関係機関の電話番号に並んで、出版社の番号が何社も混ざっていた。

顔認証を突破できたのだ。ということは、このスマートフォンの持ち主は、目の前の藪池清で間違いない。

めまいがした。

頭の中で、閃光弾が絶え間なく炸裂していた。

こんなに混乱するのは、生まれてはじめてである気がした。

目の前の男性が、椿依代なのか？　ほんとうに？　現職の警察官が小説の副業なんて、ありえるのか？

「心を殺せ」

歴代メフィスト賞受賞者推薦コメント

風森章羽さん（第49回受賞）
くだらないのに楽しい。けれど、ほろ苦くて切ない。青春とは、山田である‼

真下みことさん（第61回受賞）
自分には経験がないはずの男子校での日々が、妙な生々しさで蘇ってきました。

柾木政宗さん（第53回受賞）
最強を最強と言い切れる山田こそが最強で最高。2年E組がうらやましくなりました。

五十嵐律人さん（第62回受賞）
ダサくて、眩しくて、切なくて。青春の全てと感動のラストに、大満足の一作。

砥上裕將さん（第59回受賞）
こんな角度の切り口があったのかと驚かされ、こんな結末まであるのかと震えた！

潮谷　験さん（第63回受賞）
校舎に忘れてきた繊細な感情を拾い上げてくれるような物語でした。

あらすじ

夏休みが終わる直前、山田が死んだ。飲酒運転の車に轢かれたらしい。山田は勉強が出来て、面白くて、誰にでも優しい、二年E組の人気者だった。

二学期初日の教室は、悲しみに沈んでいた。担任の花浦が元気づけようとするが、山田を喪った心の痛みは、そう簡単には癒えない。席替えを提案したタイミングで、スピーカーから山田の声が聞こえてきた……。騒然となる教室。死んだ山田の魂は、どうやらスピーカーに憑依してしまったらしい。甦った山田に出来ることは、話すことと聞くことのみ。〈俺、二年E組が大好きなんで〉。声だけになった山田と、二年E組の仲間たちの不思議な日々がはじまった──。

Mephisto Readers Club

3. 買う

MRC ホームページの「STORE」では、以下の商品販売を行っております。

MRC グッズ

本をたくさん持ち運べるトートバッグや、ミステリーカレンダーなど、
無料会員の方にもお求めいただける MRC グッズを販売しています。

オリジナルグッズ

綾辻行人さん「十角館マグカップ」や「時計館時計」、
森博嗣さん「欠伸軽便鉄道マグカップ」などを販売いたしました。
今後も作家や作品にちなんだグッズを有料会員限定で販売いたします。

サイン本

著者のサインと MRC スタンプいりのサイン本を、
有料会員限定で販売いたします。

4. 書く ←New ！

「NOVEL AI」

映画監督も使っている文章感情分析 AI「NOVEL AI」を、
有料会員の方は追加費用なしでご利用いただけます。
自分で書いた小説やプロットの特徴を可視化してみませんか？

1. 読む

会員限定小説誌「Mephisto」

綾辻行人さん、有栖川有栖さん、辻村深月さん、西尾維新さんほかの超人気作家、メフィスト賞受賞の新鋭が登場いたします。発売前の作品を特別号としてお届けすることも！

会員限定 HP

MRC HPの「READ」では、「Mephisto」最新号のほか、ここでしか読めない短編小説、評論家や作家による本の紹介などを読むことができます。

LINE

LINE 連携をしていただいた方には、編集部より「READ」の記事や様々なお知らせをお届けいたします。

AI 選書「美読倶楽部」

好きな文体を５回選択するとおすすめの本が表示される、AI による選書サービスです。

2. 参加する

オンラインイベント

作家と読者をつなぐトークイベントを開催しています。

〈これまでに登場した作家、漫画家の方々〉

青崎有吾、阿津川辰海、綾辻行人、有栖川有栖、五十嵐律人、河村拓哉、清原紘、呉勝浩、潮谷験、斜線堂有紀、白井智之、須藤古都離、竹本健治、辻村深月、似鳥鶏、法月綸太郎、方丈貴恵、薬丸岳、米澤穂信（敬称略、五十音順）

MRC大賞

年に一度、会員のみなさまに一番おすすめのミステリーを投票していただきます。

和尚の口癖が頭に響いた。

まだ見習いだったころ。寺に住み込んで修行を受けていたころ。和尚は繰り返していた。「心の揺れは命取りになる。心を殺せ。それがお前を守る」。そして和尚は僕に、猪の心臓をかれた池に放らせた。翌朝、その心臓は水晶のように凍りついていた。

僕は、自分の顔を藪池清に近づけた。

藪池は僕の変化に気づいたらしく、怪訝そうな表情を見せた。しかし好機を見逃さなかった。首を振って、三度目の頭突きを顎に入れてきた。

僕は後ずさりしながらよろけたふりをして、カメラに背中をあてた。三脚が倒れる。と同時に、MacBookのショートカットキーを押して、カメラオフ&音声をミュートにした。

バラクラバを取った。

藪池の前に膝をついて、言った。

「あなたは、椿依代さんなのですか?」

「俺は絶対に殺人なんか犯さない。俺は犯人じゃない」

「聞いて下さい。大切なことです。あなたは、椿依代さんですか?」

「事件の夜、俺にはアリバイがある。その証明もできる」

「とても大切なことなんです。あなたは、椿依代さんですか?」

「だとしたらなんなんだよクソが!」

僕は彼の膝に手を置いて言った。

「あなたは、覆面作家の椿依代先生ですか?」

いた。

「お前な……」

軽蔑したように呟いて、彼は体の緊張を解いた。椅子に体を預けて、ため息のように長い息を吐いた。

「そうだよ。副業だよ。お前みたいな犯罪者でも、本なんか読むのか？」

じわっと視界がぼやけるのを感じた。

なんだこれは。自分の身体反応に動揺した。指がしびれている。呼吸も忘れていた。

どうする？　どうすべきなのか？　誰かに指示をもらいたかった。和尚にすべて話して、命令してほしかった。

「……ほんとうに殺人は犯してないんですね？」

「当たり前だろう！　……俺にはできんよ」

「その証明もできるんですね？」

「ああ、できる」

僕は自分のスマートフォンを持って、ハイエースの外に出た。

第二章　骨の塔

3

「あ、どうしたの～！　映像も音声も途絶えちゃってるよ～！」

「和尚につないでくれませんか？」

鳩が黙った。「……何かあったの？」

「お願いします」

保留音が流れ始めた。

仕事の最中に和尚に連絡を取ったことなど、これまでにない。そもそも、こちらから和尚に電話をかけたこと自体、一度もないのだ。

スマートフォンを握る手が、震えていることに気づいた。震え！　ほかならぬ、自分の手の！　落ち着け、と心の中で繰り返した。

「雨乞、どうした？」

和尚の声は優しかった。あたたかい布団を思わせた。声を聞いただけで、体のこわばりがほぐれていくようだった。

「すみません、突然お電話を差し上げてしまって」。舌がもつれた。かまわず続けた。「実は、今回のほとけ様が……その……」。どう言えばいい？　うまい言葉が出てこない。そのまま口にするほかなかった。「……冤罪の可能性が高いんです。島で起きた殺人事件の犯人ではない可能性が高い」。手のひらが汗まみれになっているのを感じた。そもそも今回の仕事が事件に関係しているということ自体、僕が知る必要のないことである。

「それで？」と和尚は言った。それだけしか言わなかった。汗が吹き出た。

「それで……仕事の完了を、明日まで待ってもらえませんでしょうか？　もうひとつの候補日である、明日の午後十時まで。……それで、真犯人を探したい。その真犯人をこそ成仏させたい。その方が、檀家さんにとっても、誠実な仕事になると思うんです……」

生まれて初めて、和尚に自分の意見と希望を伝えていた。

和尚は黙っていた。無音が針になって鼓膜を刺した。

突然笑い声が響いた。和尚の声だった。からっとした声だった。

「いいだろう。私から檀家には伝えておく。仕切り直しとな」

「ありがとうございます。ご迷惑をかけて申し訳ありません」

「いや、お前の誠実さに感動したよ。だがかならず、明日の十時には決着をつけるようにな。お前の言う真犯人が見つからなければ、今捕らえている男をほとけ様にするほかない。それはわかっているだろう？」

「もちろん、もちろんです。誓って、時間は厳守します」

和尚に、彼が椿依代という作家であることは、伏せておいた。

和尚が愉快そうに言う。

「殺し屋に警察の役目が、いや探偵の役目が務まるか……うまくいけば、我々の稼業を鞍替えしてもいいかもしれんな」

また和尚は笑った。僕も愛想笑いをした。和尚は笑いながら言った。

「ただし、倒れる演技はもう少しうまくなれ」

笑いが凍りついた。さすが和尚だった。彼が言う。

「さあ、もう余計なことは案じなくていい。ここからお前の無事を祈っているよ」

礼を言った。電話を切ると、腹の底から安堵の息があふれた。体中が汗まみれだった。

ファンファンファンファンファンファン……けたたましい電子音が闇夜を裂く。

なに？　金属のスライドする音が続く。

ドアが開く音だ。セキュリティアラームが作動したのだ。

ハイエースの反対側に回る。藪池が、車内からまろび出ていた。

足かせはついたままだ。どうやって結束バンドを外したのか？　そうだ。ニッパーを残してきたのだ。自分がいかに動揺していたかがわかる。

落ち着け。心を殺せ。

リモコンキーを操作して、アラームを止める。

「おーい！　分校だ！　襲われている！　分校だ！」

藪池が、足のちぎれた虫のように這いながら叫ぶ。どこからそんな声量が湧いてくるのか。海にまで届きそうな大声だった。

駆け寄って、彼の行く手を阻むように立った。彼は憎々しげに僕を睨むと、進路を変えて再び叫んだ。

「巡査部長・藪池清だ！　すぐに来てくれ！」

「椿先生」

気づけば、僕はその名前で彼を呼んでいた。

一瞬、彼の叫びが止まる。

「椿先生、乱暴な振る舞いをしたことをお詫びします」

そう言って僕は、彼の正面に正座した。

椿依代は、呆気に取られたように僕の顔を見た。しかし再び顔を歪めると、「誰か！」と声を張り上げた。

「先生、どうか聞いてください。このままでは、あなたは死にます。明日の午後十時がタイムリミットです」

「おーい！　誰か来てくれ！」

「僕は殺し屋です。あなたはターゲットだ。僕にあなたを殺させないでほしい。そして殺し屋は僕だけではありません。僕があなたを見逃したとしても、次の殺し屋が来て、僕とあなたを殺害します。そしてあなたへの拷問は、僕が行うよりもきっと苛烈なものになる」

「分校だ！　誰か！」

「真犯人を探す必要があります。どうか、捜査に協力してください」

「犯罪者に何が捜査だ！」

僕を見て怒鳴った。すさまじい剣幕だった。

彼は続けた。

「殺し屋だと？　ターゲットだと？　クソみたいな話はやめろ！」

「真実の話です」

「お前はいったいなんなんだ」

「僕は……あなたのファンです」

「ファン……」。呆然と繰り返してから、彼はつばを吐いた。「ファンが俺を殺すのか」

「あなたを助けたい」

椿依代は笑った。それからふたたび応援を求めて、夜の空に叫び始めた。

僕は地面に額をくっつけた。額に砂利が食い込んだ。言った。

「あなたを助けたいんです」

「断る。人殺しに助けられるくらいなら死んだほうがいい」

「すみません」と僕は顔を上げる。彼の両手に手錠をかける。すばやく、体の前で。そして抱え上げた。「何を……！」

彼を助手席に乗せる。火を噴くような目つきで睨んでくる彼に言う。

「少しだけご辛抱を」

「絶対に逮捕してやる」

運転席に座り、車を出した。

殺し屋に探偵の真似事が務まるのか？　やるしかなかった。

昼間に見つけていた、閉鎖したコテージの敷地内に車を入れる。

ログハウスの裏に車を停めた。アルミシートを剝がす。カメラや三脚、椅子なども片付けた。

どうしても助手席が気になってしまう。彼が椿依代なのだ。その思いが、動かす手をぎこちなくさせた。また、彼のスマートフォンの送信ボックスには、彼の新作の原稿がある。読みたかった。猛烈に読みたかった。椿依代は比較的寡作である。前の作品が出版されてから、もう四年が経っていた。

彼は、何も言わなかった。助手席から、真っ暗な林をじっと眺めていた。

午後十時半。まだ三十分しか経っていないことが信じられなかった。あまりに多くのことが一変していた。

広くなった後部スペースに座った。

そしてまず、殺人事件についてあらためてＭａｃＢｏｏｋで調べた。

およそ二ヵ月前の五月三十日、事件は発覚した。早朝。役場に勤める女性が、出勤のための近道を原付バイクで走っていたところ、死体を発見した。久津輪汐の遺体だった。遺体は首を両刃のナイフで貫かれていた。あとはニュースでも聞いた内容ばかりだった。

「マガイモノ」というキーワードを伝える記事は、ひとつもなかった。

やはり、マスコミには明かされていない情報らしい。いったいどう関連しているのか？　あとで椿依代から聞き出す必要があった。しかし、簡単に教えてもらえるとは思えなかった。

被害者の父親は久津輪鳳太郎だ。六十八歳。くつわ学園の前理事長。久津輪汐は、三番目に再婚した女性とのあいだに生まれた娘だった。鳳太郎にとって初めてできた子どもらしい。

久津輪汐は、父親のことを激しく嫌っていたようだ。インタビューや講演会などで、かなり悪しざまに言っている。「下劣」「男根主義」「女と金儲けで脳が腐っている」

久津輪鳳太郎は、三年前に交通事故を経験している。彼の乗っていたリムジンに、居眠り運転のトラックが突っ込んだのだ。そのために久津輪鳳太郎は、下半身に麻痺を負うこととなった。以後、電動車椅子での生活を余儀なくされている。

事故を起こしたトラックの運転手は、すさまじい過密運行を会社に強いられていたらしい。

その運転手の名前と、当時の年齢を見て、驚く。

羽田晴一郎。三十八歳。

僕は、同じ職業、同じ名前、同じ年齢の男を、ちょうど三年前に殺している。

依頼者が考案した、「拷問レシピ」の通りに。

拷問は、背骨と下半身に対してしつこく攻撃を加えるものだった。

あれは、久津輪鳳太郎が依頼した、復讐だったのか?

拷問レシピを指示してくるお得意さんは、久津輪鳳太郎だったのか?

そう考えるとさらにもう一件、レシピに準じて行った仕事を思い出す。六年ほど前のことだ。成仏させたのは、森俊哉という三十一歳の雑誌記者だった。

その名前を検索する。殺した人間のことをあとから調べるなんて、初めてのことだった。なぜだかいやな汗をかいているのを感じた。

森俊哉は、くつわ学園にまつわるとある疑惑を記事にしていた。それは、当時理事長を務めていた久津輪鳳太郎による、学生へのセクハラ疑惑。また、学園内に性行為を行うための私的な隠し部屋が作られているという疑惑であった。僕が森俊哉を、人知れず灰に変えたのは、その記事が出てから二ヵ月後のことだった。

間違いない。

レシピを指示してくるお得意さんは、久津輪鳳太郎だ。

そして今回、椿依代を殺すように依頼してきたのも、久津輪鳳太郎だ。

泥水のような味が口に広がっていた。

これから考えるべき点を整理する。

①久津輪鳳太郎は、娘を殺した犯人が藪池清（椿依代）であると確信しているようだ。それには何かしらの証拠が不可欠なはずである。その証拠とはなにか？

②その証拠は、ひとりでに久津輪鳳太郎の手には渡らない。誰かが彼に提供したのだ。「あいつが犯人ですよ」と言って。それは誰か？

「あなたは、『合祀墓（ごうしぼ）』に埋められます」

僕は助手席に声をかけた。ルームミラー越しに、椿依代が鋭い視線を向けてきた。思わず目を伏せる。声が上ずりそうだった。

僕はハイエースの床を叩いた。

「話せる範囲で、話せるだけ話します。あなたは明日の十時に殺されたのち、この隠し収納に収められます。そしてフェリーで本土へ。僕たちの組織が所有する山の一角に埋められます。僕たちはそこを、合祀墓と呼んでいます」

「何が言いたい」

「僕があなたを殺さず見逃した場合、次の殺し屋が来て僕とあなたを殺します。僕が顔と名前を知っている殺し屋は、『花時計』と『煮こごり』という男たちだけですが、どちらも優れた暗殺者です。そして僕が知らないだけで、組織にはほかにも何人も在籍しているはずで……」

「おい」と椿依代が遮った。「いい加減にしろ。お前が俺を殺そうとしていたことは認めてやる。誰かに金で雇われたんだろう。哀れだと思う。だが、花だの煮物だの、ばかみたいなフレーズを口にするのはやめてくれ」

「僕の名前は雨乞です」

椿依代は絶句した。「あまごい……」

「信じてほしいから、明かしました。ボスの名前は死んでも明かせませんが」

「ありえない」と首を振る彼に、僕はシャツの胸をはだけて朱鷺の刺青を見せた。「組織の殺し屋には、皆この刺青が入っています」

呆然と刺青を見つめる彼に言う。

「仮に僕が逮捕されたとしても、未来は変わりません。次の殺し屋が来るだけだ。あなたが警察に保護してもらったとしても、同じです。一時しのぎに過ぎません。警察が一生保護してくれますか？　一週間後か、一ヵ月後か、一年後か、必ず仕事は成し遂げられるでしょう。うちの組織は、そうやって信頼を積んできたんです」

寺の殺し屋から逃れるために、六年間服役した男がいる。元暴力団員だった。六年後、男は出所した。翌日の夜明けを見ることはかなわなかった。僕が仕事をしたからだ。

「このままでは、あなたは明日の夜には死んでしまう。そうしたら、娘さんにも会えませんよ。せっかくお孫さんが生まれようと――」

彼の顔色が一変した。

「お前……なぜそれを！」。怒鳴り声が炸裂する。彼は目をひんむいて、僕に食らいつかんばかりに助手席から身を乗り出してきた。「手を出すな！　許さんぞ！　娘に……娘に……！」

「メールを目にしただけです。落ち着いてください」

さっきメールボックスを確認したときに、藪池ほのかという女性から届いていたメールが目に入ったのだ。「ほっとしたよ。」という本文に、エコー写真が添付されていた。

この話題を出した理由は、彼が自分の命に執着し、捜査に協力してくれることを期待したからだった。しかし完全に裏目に出た。椿依代は、「貴様！　貴様、娘に！」と血の出るような声で叫んでいた。

僕は頭を下げた。

「ごめんなさい。不適切でした。お詫び申し上げます」

「絶対に、娘に……」

椿依代の怒声は、だんだんとかすれ、すり切れ、小さくなっていった。いっぺんに体力を使い果たしてしまったようだった。

「申し訳ありません」

僕はもう一度謝った。それから尋ねた。

「あなたのアリバイとはなんですか？」

椿は、あえぎながら、呆れたような目を僕に向けてきた。僕は言った。

「被害者が殺されたのは、五月二十九日から三十日に日付が変わるくらいのころと目されていますよね。椿先生はアリバイがあるとおっしゃいました。何をされていたんですか？」

「家で寝てたよ」

「それは……証明できるとおっしゃいましたが、どのようにできるんでしょう？」

「さあな。見た夢の内容なら思い出せるが」

「……アリバイとは、やや大げさな表現だったわけですか？」

「なんなんだお前は本当に……」

彼のアリバイが存在しないなら、やはり真犯人を探すほかない。

「『マガイモノ』とは、なんですか？」

椿は疲れた様子でため息をついた。

「明かすわけないだろう。一般人どころか、犯罪者に」

「手がかりになるかもしれません」

「捜査中の情報だ」

「では捜査の進捗状況はどうですか？　容疑者の候補くらいは絞られているんでしょうか」

椿はもう一度ため息をついて、林の方に目をやった。返事はない。

「では、『久津輪鳳太郎』に関して、何か思い至る点はありませんか？　被害者の父親である、ということ以外で。何か関連するトピックスはありませんか？」

椿は無視して、揺れる木々を見つめていた。

が、突然、はっと気づいた様子で振り返った。

「もしかして、久津輪鳳太郎がお前を雇った依頼者なのか？」

僕は何も言わなかった。

椿は、嗅ぎつけた直感が真実であることを確信しているようだった。ひとりうなずきながら、「そうか、そうか……あの野郎……」とつぶやいた。それから、「しかしなんだって、俺を犯人と思い込む……？」と言った。彼の頭の中で、激しく火花が散っているようだった。

やがて、僕を見てこう言った。

「いいだろう。そんなにごっこ遊びがしたいなら、付き合ってやるよ。心当たりがある。ただし、この手錠を外せ」

4

荒れた畑の奥に、横倒しにされた巨大なタルがあった。

サウナ小屋だった。オレンジ色の光が漏れていた。

椿依代が言う。

「宮藤正和。覚醒剤所持と使用の前科がある。元は島の人間じゃない。無農薬パクチーを栽培して名物にするとかなんとかうそぶいて引っ越してきたが、まあ旬の時期にごらんの有り様だ」。畑は雑草だらけ。「宮藤はもともと、くつわ医療福祉大学の職員だった」

なるほど。久津輪鳳太郎とのつながりはありうるわけだ。

僕は言った。

「そして、彼が所有する畑のすぐ近くに、殺害現場及び死体発見現場がある」

今、僕たちは、島の西部の林道にいた。

車を木の陰に停めて、宮藤の畑とサウナ小屋を見つめている。

この林道を、久津輪汐は引きずられたらしい。

僕たちの背後の柿の木の裏で殺され、この林道を引きずられ、畑の前を横切って、百メートル先のカーブミラーの下に放置されたわけだ。

今、ちょうど零時を回ったところだった。

窓を開けると、ごくかすかに鼻歌が聞こえてきた。ほかにはなんの音もしない。風がやんでいたので、木の葉が擦れる音もなかった。

「警察も彼を疑ったんじゃないですか？」

「やつには明確なアリバイがあった。事件当夜、愛媛にいたんだよ。あいつは道後の温泉街に、女房を出稼ぎに行かせてる。その給料の前借りに行っていた」

彼の口調には、侮蔑がありありとこもっていた。続けてこう言う。

「でもそんなやつに、こんなフィンランド人みたいな暮らしができるわけない。つい一週間ほど前に、突然建てやがったんだ」

小屋の外壁の木は、まだ生白かった。

「尋ねなかったんですか？　お金の出どころについて」

「顔を合わせる機会がなかった」

「避けられていた？」

彼は僕に両手首を差し出してきた。「さあ、手錠を外せ」

すでに足かせは、コテージを発つ前に外していた。

椿は言った。『心当たりがある。案内してほしければ今すぐ拘束を解け』と。

僕は約束した。『現地に到着したら、必ず解きます』と。

椿は譲らなかった。最終的な落とし所として、まずは出発前に足かせを外す。現地に着いたら手錠を外す。という条件に相成った。

そして今、僕は彼の手錠を外した。

椿依代は手首をさすりながら、「貴重な経験させてくれたな」と言った。

「もう一度だけ、念を押させていただきます。僕から逃げても、僕を殺しても、逮捕しても、あなたはいつか殺されます。真犯人探しに協力してくださることだけが、あなたが助かる細い道です」

椿は手を振りながら、車のドアを開けた。

「しつこい。俺だって犯人を捕まえたいんだ」

椿は僕の前に立ち、畑へと入っていった。

僕は、少し離れて後を追った。

畑にはペットボトルやタバコの空き箱が捨てられていた。小石やコンクリートの破片も目についた。畑の脇に小さな物置があった。使われている様子はなかった。

椿依代は、無造作に小屋に近づいていった。足音を殺す気もなさそうだった。

小屋の周囲には、熱せられたヒノキの匂いに混じって、甘ったるい香りが漂っていた。

「あいつ……」と椿依代は呟いてから、「合図するまで入ってくるな」と僕に言った。

僕はその場で立ち止まり、見つめた。小屋の入り口の前に、木製のテーブルとベンチ。水の入ったペットボトル。またテーブルの脚に、アルミのスコップがもたせかけられていた。

椿は、入り口の扉をノックした。扉の前には、紫にピンクのハートがちりばめられたビーチサンダルが脱ぎ散らかされていた。

「宮藤さん、こんばんは」

「……へ、ええ？　だれえ？」

妙に間延びした声。

椿は扉を開けた。小屋に入っていった。

「あ、あれ……藪池さん、どうして……？」

中から声が漏れてくる。

「夏の夜中にサウナなんて、贅沢ですね。水たばこですか。最近はシーシャと呼ぶんでしたっけ」

「ちょ、ちょっと、勘弁してくださいよ……」

男の声は、はっきりと怯えていた。

「この匂いは大麻ですね」

「ひゃあ、ちょっと……！」

「よし、いいぞ！」

僕はバラクラバで顔を隠した。小屋に入る。扉を閉める。

「ひっ、だれ、なに……」

熱気。蒸された筒の中に閉じ込められたようだった。狭い通路が奥に伸びている。通路の左右にベンチがある。

痩せた全裸の男が、ベンチに座っていた。宮藤だ。怯えている。顔を腕で隠している。覗いた目が赤い。股間にタオル。彼の隣には、ヤギ革のポーチが置かれている。

宮藤の前に椿が立っている。彼の顔はすでに汗で濡れている。そして手に、水たばこのボトルを持っている。室内にはマリファナの匂いが充満している。部屋の奥で、石の積まれたサウナストーブが燃えている。

椿が僕に言う。

「色々と尋ねたいことはあるだろうが、まずは**あれ**を読んでくれ」

椿がベンチに立ち、僕に通路を譲った。

通路の突き当たりに、週刊誌が落ちているのが見える。僕はふたりの間を抜けて、小屋の一番奥へと進んだ。かわりに椿が宮藤の肩を押す。宮藤を入り口の方へ移動させる。

椿が、僕の退路を塞ぐように、通路の真ん中に立つ。水たばこをベンチに置く。

パジャマの裾をまくる。

彼の脇腹に、細身のナイフがテープで貼り付けられていた。

僕が右手を切るのに使った、ラピッドストライクである。

椿が、僕を見据えたまま、背後の宮藤に叫ぶ。

「外に出て、扉を閉めろ！　警察を呼べ！」

椿がナイフの鞘(さや)を払う。刃先が、僕の方を向く。

「えっ、えっ」

事態を呑(の)み込めない宮藤に、椿は更に叫ぶ。視線は僕から外れない。

「こいつは危険だ！　なるべく小屋から離れろ！　助けが来るまで俺は、死んでもこいつをここから出さない！　お前の大麻はごまかしてやるから安心しろ！」

ひとまずはそうした方が安全と判断したのだろう。宮藤は混乱しながらも、タオル一枚だけを股間にあてて、入り口の扉を開いた。

僕は、握っていた小石を投げた。

小石は椿の顔の脇を抜ける。宮藤の後頭部にあたった。

息を漏らして、宮藤は小屋の外にぶっ倒れる。

椿の目線が、背後の宮藤へ逸(そ)れた。

僕はポーチを摑むと、椿のナイフに思い切り突き刺した。ポーチの背中から刃先が飛び出す。

椿が短い悲鳴を上げた。彼の手から力が抜けたのがわかる。

思った通りだ。

「すみません」

僕はそう言って、そのままポーチをひねる。椿の腕が外側にねじれるようになる。椿がうめいて、膝を崩す。僕はポーチごとナイフを奪った。

ポーチからナイフを抜く。裂け目から、ぱらぱらと白い粉がこぼれる。粉が床で溶ける。

ナイフをサウナストーブめがけて放る。ナイフは、焼けた石と石の隙間に落ちて見えなくなった。

椿がナイフを隠したのは、分校にいたときだろう。彼がニッパーで結束バンドを切り、車外に転がり出る前。工具箱からナイフを取り出したのだ。むしろ本命はこっちだったのだ。このナイフを隠し持ち、逆転の機会を狙っていたわけだ。ナイフの尻には、車のガラスを割るための尖ったポイントもついている。

もちろん、彼がナイフを忍ばせていることには、気づいていた。

工具箱が軽くなっていた。ナイフは脅威である。彼の動きが脇腹をかばうものになっていた。

もちろん武器として、ナイフは脅威である。だが、相手がナイフを隠しているとわかっていれば、対策の取り方がある。刃渡りもわかっている。それに相手はプロではない。

なにより椿依代は、人を傷つけるのを恐れている。

僕なら、目の前に敵の顔があれば、頭突きなんかしない。頸動脈を食い破る。ニッパーを持っていたら、眼球とその奥にあるものを狙って突き出す。

いつだって彼にはためらいがあった。

ためらいがある人間の攻撃を食らうことなど、ありえない。

うずくまっている椿の背中に声をかける。

「椿先生。はっきり言っておきます。僕はプロです。こういったやり方で僕を出し抜くことは不可能です。そしてあなたを狙うのは、僕のような人間たちだ。犯人探しに協力してくださることだけが、あなたの生きる道です。これが最後のお願いです」

背中に頭を下げた。

椿は何も言わなかった。かすかに肩が震えていた。

椿の向こうで、宮藤が走り出しているのが見えた。

「先ほど教えていただいた情報、どこまでが正しいものだったのか、あとで教えてください」

宮藤の後を追った。

宮藤は、スコップを持っていた。畑を斜めに突っ切って、逃げようとしていた。

すぐに背後まで追いつく。宮藤は、振り返る勢いを利用して、スコップを水平にぶん回してきた。

腰を落とす。頭の上を刃先が通過する。

バランスを崩した宮藤が、ふたたび転ぶ。

スコップを奪う。彼の片足を踏む。スコップを振り上げる。土で汚れた彼の腕。ないしは耳。

「やめろ！　殺すな！」

椿が叫んだ。扉の枠にすがりついていた。

「言うとおりにする。さっき話したこともほんとうだ。だから、殺しだけはやめてくれ……」

弱々しい声だった。

僕は足元にスコップを突き刺した。

椿がほうっと息を吐き出した。その場で呼吸を整える。それからゆっくりとこちらに近づいてきながら、宮藤に声をかけた。

「宮藤さん、すまなかった。怖がらせてしまった。でも誓う。二度と、絶対に、この男に乱暴なことはさせない。あんたの安全は俺が……」

宮藤がさえぎって言う。

「こいつ、なんだよ……？　あんたの仲間か……？」

「仲間って……ほら、立って」

椿が、宮藤に手を差し伸べた。

宮藤は、悲鳴をあげた。土をかいて、椿から逃れようとした。

宮藤は、僕よりも、椿に怯えていた。

「どうしたんだ、宮藤さん」

宮藤は泣いていた。首を振りながら、こう言った。

「だって、だって俺は見た……。あんた、あんたが、頭ひっつかんで、死体を引きずっていた……」

5

「……どういう意味だ、宮藤さん」

「やあっ、近づかないで、近づかないでくれ」

「なにを、なにを見たんだ」

「あんたが死体を引っ張るところだよおお！　もうやだよおれぇ……」

宮藤は手足をばたつかせていた。パニックになりかけていた。土の飛沫(ひまつ)が、バラクラバの表面で跳ねるのを感じた。

椿依代の顔は、汗でびっしょり濡れていた。呆然と僕を見て口ごもる。「ちがう……ありえない……何をこいつは言って……」

「あんた笑ってたあああ！　こわいよおおお！」

僕は宮藤を抱き起こした。悲鳴。椿も声を漏らす。

サウナ小屋の裏へ。予想通り、水道があった。蛇口の下に宮藤の頭を持っていって、水を浴びせた。声にならない悲鳴。「お前！」と叫ぶ椿に叫ぶ。「気つけです！」

そのまま三分ほど水を浴びせる。サウナ小屋の裏には、小川が流れていた。小川の向こうは、竹林だった。竹の間に、濃密な闇が詰まっていた。

表からベンチを持ってきて、宮藤を座らせてやる。彼は震えていたが、パニックは収まっていた。ペットボトルの水を飲ませる。マリファナも吸わせてやるか一瞬迷ったが、悪い方向に流れる可能性が高いのでやめた。白い粉は論外だ。

「なにがなんだか……」

椿依代が、疲れた声で呟いた。彼のパジャマは泥だらけだった。彼が腰をかけられるよう、テーブルも持ってきた。しかし彼は手を振って、座らなかった。

水を飲み干してから、宮藤が呟く。

「殺さないでくれ」

「当たり前だろう！」と椿。

「大きいこえぇ！」

宮藤の悲鳴が轟き、椿が首を振った。椿は水道で顔を洗い、水を飲み、壁に背中を預けてしゃがみこんだ。

　僕は言う。

「正直に話してくだされば、殺しません。あなたは、何を見たんですか？」

　宮藤は泣いた。怯えた。二度ほど脱走を図った。泣きながら小川に放尿もした。パンツとサンダルを履いた。

　話し終えるまでに、実に一時間以上かかった。

　彼の要領を得ない話をまとめると、**こう**だ。


　ちょうど二週間前のこと。

　宮藤の自宅の固定電話に、一本の電話がかかってきた。

「楡（にれ）の木の裏を見てくれないか」。ボイスチェンジャーで加工された声だった。庭の枯れた楡の裏には、アマゾンの段ボール箱があった。中にはまずＡ４の封筒があった。そこには現金が五十万円。さらに覚醒剤とコカインが五パケずつ入っていた。

　さらに段ボール箱には、ＳＤカードの差さった防犯カメラ。そして、ジップロックに密封されたダガーナイフが入っていた。

　電話の男は言った。

「これらを、久津輪鳳太郎に渡してほしい。彼は疑（うたぐ）り深（ぶか）い。あなたはかつて、くつわ学園で働いていた。まったくの他人よりはいくらか信頼されやすいだろう」と。

　報酬として、金と薬をその三倍払うと。

目の前に広がるお宝を見て、宮藤に断ることはできなかった。

宮藤は、命じられたとおりにした。相手に教えられた電話番号に連絡を入れると、すぐに久津輪鳳太郎の代理人が飛んできた。今にも拷問されてしまうのではないか、というほど厳しい追及がなされた。宮藤は、電話の男に教えられた通りの嘘をついた。

「この防犯カメラは、自分の畑に設置していたものである。休耕中なのをいいことに、いたずらをする輩（やから）が多いのに辟易（へきえき）して仕掛けていたものだ。そうしたら、女の死体を引きずる男が映っていた。前理事長の娘さんを殺した犯人ではないか。犯人が茂みにナイフを捨てるところも映っていた。ナイフはこれだ。前理事長にはお世話になったので、何かの役に立てるならうれしい」

最終的に、代理人は納得した。口止め料を含む謝礼金が支払われた。かわりに、カメラとナイフを持って去っていった。自宅からほど近い川のほとりで、宮藤は金と薬を発見した。宮藤はサウナを買った。


その電話してきた相手が**真犯人**だ。ないしはその一味だ。

久津輪鳳太郎は、真犯人が用意したカメラとナイフというふたつの証拠を信用したのだ。そして椿依代が犯人であると断定した。そして寺に殺害を依頼したのだ。

つまりそのカメラとナイフは、証拠としての強度を持つものだったわけだ。

椿依代が唸っていた。

「誰なんだそいつは……」

「ハメられたんだとしたら、たまんないですよね」

宮藤は怯えつつも、椿にへつらうように言った。

僕は言った。

「どうして電話相手が男性とわかったんですか？　ボイスチェンジャーを使っていたのなら、女性の可能性もありえますよね」

「いや……こういうのするのは男じゃん？」

「こういうのとは？」

「こういうのったらこういうのでしょ。てかあんたこそ、なんなんですか？　いつまでも強盗みたいに覆面かぶって。怖いですよ！　藪池さん、誰ですこの人？」

椿が鋭く言う。

宮藤の目が泳ぐ。「宮藤さん、カメラの映像の複製。取ってませんか？」

「ええ……どうかな……」

「あなたなら取っているはずだ。また何かに使えるかもと期待して」

「いやあ……なんかひどいな。ゆすりたかりみたいに」

「そのバックアップを見せてください」

「うーん……そうしたら、何かいいことってあります？」

宮藤は、ずるそうに顔をにやつかせた。

「薬物。見なかったことにしてやる」

「……もう少しなにかメリットがほしいかもですね」

「お前な……」。呆れたように椿が呟く。

「だってだって、犯人探したいですよね。重要な手がかりですよこれ～」

「馬鹿(ばか)野郎！」と椿が怒鳴った。反射的に宮藤が悲鳴を上げた。

両者の大声に、かき消されかけていた。

しかし、たしかに聞こえた。

シュパッ。

圧搾空気が、解放されるときの音に似ていた。

意識する前に、体が動いた。

椿依代に跳びかかり、彼を地面に押さえ込んだ。

何かが、小屋の壁にあたる、ごくごく軽い音がした。

「お前……何を……！」

椿がもがく。僕に襲われたと勘違いしているようだった。

彼を押さえ込んだまま、背後を見る。

小屋の壁で、ボールペンくらいの細さの**注射器**が揺れていた。

注射器の尻には、蛍光ピンクの羽。

「動かないで」。椿に告げて、すばやく体を起こす。

テーブルを、椿依代の前に立てた。

「おい！」

「麻酔銃です」

椿の目が驚愕(きょうがく)で丸まる。

麻酔銃と言ったが、シリンダーに詰まっているのが麻酔薬かどうかは不明だ。別の毒薬の可能性もある。

いずれにしても、空気銃は連射がきかない。また射程も短い。

二弾目が来る前に、仕留めるのがセオリーだ。

銃撃は、小川の向こう、竹林からなされている。

僕はテーブルから飛び出そうとした。悪寒。直後に乾いた音。テーブルの天板に、針が突き刺さったのだ。

複数丁、所持しているのか？

「なに、なんです？」

宮藤の間の抜けた声。鋭く言う。

「銃撃されている！　ベンチの陰に」

「ベンチ……？　ひやあっ？」

奇声を上げて、宮藤は明後日の方向に走り出してしまう。遮蔽物のない、畑の方へ。「あいつ……！」。椿がうめく。

またテーブルに突き刺さる、こすれるような感触。

右目だけ一瞬出す。目を凝らす。二十メートルほど先にある竹の一本が、かすかに揺れた。顔を天板の陰に戻すのと同時に、注射器が右耳をかすめて背後の壁に突き刺さる。

凄腕だ。

銃撃は百秒近く続いた。合計で、十八発に及んだ。

銃撃が完全に途切れたところで、竹林に飛び込んだ。誰もいなかった。周囲を捜索したかったが、椿依代を放っておくわけにはいかない。

椿のもとに戻ると、彼が呆然とした顔を向けてきた。

「どうなったんだよ、湯島はさあ……」

ぼんやりしてはいられない。

どこかへ消えた、裸の宮藤を探す必要がある。

雑木林に逃げ込んだか？　林道を走っていったか？　下か上、どちらへ？　耳を澄ませるが、近くに人の気配はない。

「宮藤の自宅はどこですか？」

「……ここから三分ほどのところだ」。椿が口元をぬぐいながら言った。

バラクラバを取り去って、ハイエースで向かう。

道中の暗闇（くらやみ）にも、目を凝らす。

宮藤は違法薬物を持っていた。また、映像のコピーを椿に売りつけようとしていた。だから、安易に警察に助けを求めないはず、と信じたかった。

ドアポケットには注射器があった。一本回収してきたのだ。またダッシュボードの上には、薬の詰まったポーチがあった。椿が「放置しておけない」と言って、持ってきたのだ。

助手席の椿は言う。

「狙われたのは、俺か？　宮藤か？」

「あなたでしょう。狙撃手は凄腕でした。宮藤さんのように隙だらけの人間を逃がすことはありえません」

「じゃあ襲ってきたのはやっぱり俺をハメようとした例の真犯人か、その仲間ってことか？　襲う理由はなんだ？」

「事件の真相に迫りかけているからでしょうか。もしかしたら、宮藤を逃がすためにやったのかもしれません」

　椿は少し黙ったのちに、「ちぐはぐな感じがする」と言った。

「どのあたりが？」

「もう二度とあんなことするな」

「あんなこととは？」

「かばうな。万一のことがあれば、寝覚めが悪くなる」

　そう言うと椿は、シガーライターのスイッチを入れた。彼の挙動を目で追う僕をじろっとにらんでから、自分のタバコをドリンクホルダーから取り出して火をつけた。窓を開け、一服ふかして言った。

「お前を狙ってたってことはないのか」

「僕を殺そうと思う人間はいないと思います。社会に存在していないのと同義ですから」

　開いた窓から、かすかな笑い声が聞こえてきた。それにヒップホップと呼ばれる音楽。前方から、小さなヘッドライトが迫ってくる。なぜか虹色の火花が周囲で躍っている。

「中田のガキが――」。窓から身を乗り出そうとする椿を制しながら、速度をゆるめて道を譲った。

スクーターに二人乗りした少年少女だった。後ろに乗った少女が、両手に火の着いた花火を持っている。スクーターは火花をハイエースの側面に押し付けながら、すれ違っていった。

ふたたび車を出してから、椿に尋ねた。

「ちぐはぐなら、ほかに心当たりはありますか？」

しばらく考えて、椿が言った。

「お前の仲間が、俺を狙って来たってことはないのか？」

僕は急ブレーキを踏んだ。

「それだけはありえません」

椿がじっと僕を見ていた。僕は言った。声が大きくなっているのを感じた。

「僕の仲間が僕のかわりにあなたを殺しに来るということは、僕が役立たずになったということを示します」。おしょう、と言いかけて首を振った。「ボスは、明日まで待つと約束してくれました。そうした約束を破る人ではありません」

「ずいぶん信頼してんだな」

「それに、まだ午前二時前です。ボスと約束を交わしてから、三時間半しか経っていません。僕たちが暮らす町からこの島まで辿り着こうと思ったら、まず陸路だけで三時間近くかかる。そして高速艇をチャーターしても三十分はかかる。これで三時間半です。いかに同門の殺し屋たちが素早くても、町を出てこの島まで辿り着くこと自体が難しい。その上で僕たちを見つけて襲撃するなんて不可能です。この銃撃に、うちの組織は絶対に関わっていない」

「じゃあ他の殺し屋組織ってことはあり得るのか？　たとえば真犯人がそうしたプロを雇ったって

ことが」。椿が鼻で笑った。「いったいいくつ、日本にそんな組織があるんだ?」

かつて東北には、マタギを装う殺し屋集団がいたそうだ。また北九州には、元法医学者の兄弟がボスを務める、事故・自殺の偽装死専門の組織があったそうだ。ただし、それらが今も活動しているのかどうかは不明である。

また、フリーの殺し屋も多い。むしろそちらのほうがマジョリティーだと聞く。元傭兵や自衛隊の人間が、最後の就職口として殺し屋になるらしい。しかしそんな調子だから、総じて仕事も粗く、早死にするそうだ。専門教育を受ける機会が少ないわけだから、当然といえば当然だ。

かつては暴力団に雇われる殺し屋も多かった。しかし近年はすっかり半グレに、暴力装置の座を奪われているという。

僕は首を振った。どれもこれも、和尚から聞いた話ばかりだった。

「僕は業界の話に疎いようです」

椿はしばらく目を細めて僕を見つめていたが、やがて視線を外すと、顎をしゃくった。

貯水池の脇に、古い平屋があった。

「奥さんのばあさんの家。宮藤はあそこにひとりで暮らしている」

ポンプ小屋の陰にハイエースを停めて、椿に言う。

「狙われている可能性がある以上、できれば一緒に来ていただきたいです」

「行くに決まってるだろう。なに言ってる」

彼は僕の前に立って、宮藤の家に近づいていった。

家は、荒廃していた。敷地の至る所に、ごみが小山をなしていた。

いきなり玄関の扉に手をかけようとする椿を制して、ぐるりと家の周囲を回る。裏側に掃出窓と、風呂&トイレの窓。庭には枯れた楡の木があった。

玄関には鍵がかかっていた。ピッキングガンでピッキングを行う。僕は手動のタイプを愛用している。椿が呆れた目を向けてくる。

開いた扉の奥に、椿が声をかける。「宮藤さーん。入りますよー」

返事はない。椿は履き物を脱いで、廊下に上がった。僕は脱がなかった。フラッシュライトをつける。

室内にはごみが散乱していた。椿がごみ袋を蹴飛ばしてしまうと、小バエがわっと沸き立った。台所。和室。二つ目の和室。宮藤はいない。風呂にもトイレにもいない。

「ほかに彼が行きそうな場所に心当たりはありますか?」

「あいつは友達もいないからな。たいていの飲み屋にも出禁を食らってたはずだ」

「車は持っていないんですか?」

「数年前に金に困って売り払っていた。古いBMWだった。あいつはスマホも強制解約されていたはずだ。本体も端金で売っぱらったらしい」

「ならここで彼の帰りを待ちながら、動画のバックアップを探しましょう」

僕は二つ目の和室に移動した。隅のごみ袋を片付ける。タバコのヤニで変色した、NECのPC－9821が姿を現す。搭載されているのはウインドウズ95。椿が声を上げた。

「おお、なつかしい……。デカやってたころ事務の子が使ってたな……」

「刑事だったことがあるんですか？」

椿は手を振って何も言わなかった。パソコンの電源を入れようとしたが、コードがちぎれていた。その後も家探しを続けた。使えるパソコンはなかった。彼はスマホも持っていない。ということは、データはほかのメディアにコピーされたのだ。

ピンと来た。汗を拭いている椿に尋ねた。

「三井電器店ではパソコンを扱っていますか？」。港の近くの電器店だ。

「お前……よく知ってるな。いや、修理で生計を立てている店だ。せいぜい電池や電球しか置いていないだろう」

「なら島の人が、自由にパソコンを使える施設はありますか？」

「……たとえば島の役場には、調べ物に使えるパソコンが一台ある。あとは港の待合所にも、観光客向けのパソコンコーナーがあったな。……ああ、なるほど」

「宮藤さんは、そこでデータのコピーを取った。USBメモリなりSDカードなりに」

「……それはありえるな」

では、そのメディアをどこに隠しているのか？

家探しは苦手ではない。もう一段階、細かく探していくことはできる。つまりソファや布団を割いて詰め物をあらためる、家電製品をばらして内側をあらためる、台所の調味料を空けて中をあらためる、というレベルの話である。

しかし、そうする必要はなかった。椿が言った。

「ああいうやつは、大事なものを肌から離さない」

ハイエースの中。ダッシュボードの上。

宮藤のポーチの底には、やぶれたパケからあふれた粉末がたまっていた。

その下から、粉にまみれたUSBメモリが顔を出した。

椿は苦い薬を噛んだような顔をしていた。

僕はMacBookに、USBメモリを差した。**動画**がひとつだけ入っていた。

6

カメラは広角で、畑と林道を捉えている。

夜。映像は白黒。赤外線LEDで撮影されている。鮮明だ。荒れた畑や、林道の砂っぽい質感までわかる。

画角から推測するに、カメラは物置の屋根に設置されていたようだ。

画面の右上に、撮影時刻が焼きこまれている。

「**2023－05－30　01:05:40**」。タヌキが二匹、畑を横切っていく。

「**2023－05－30　01:38:19**」。野良犬が、林道を走っていく。

「**2023－05－30　02:15:09**」。タヌキが一匹戻ってきて、畑の真ん中をほじくる。ミミズでもいるのか、熱心に土の中に鼻を突っ込んでいる。やがてタヌキが顔を上げる。林道の方をちらっと見てから、林に飛び込んでゆく。

画面の左端から、椿依代が現れる。

彼は上半身裸である。下は汚れたズボンを穿いている。

右手に、女性を引きずっている。女性の口に手を突っ込み、上顎（うわあご）をつかんで、死体を引きずっている。

彼は、ゆらゆらと揺れながら、林道を進んでいく。

うつろな表情をしている。口が半分開いている。

真ん中あたりまで来たところで、死体を無造作に離す。地面に頭を打ち付けた死体の顔を、腰をかがめてまじまじと見つめる。

椿依代の背中に、**何か**くっついている。拡大すると、それが痣（あざ）であるとわかる。手のひらくらいの、菱（ひし）形の痣である。

椿依代は、左手に持っていたものを、近くの茂みに無造作に放る。ナイフである。

死体は首から血をこぼしていた。そして、腹からも血をこぼしていた。腹に、複雑かつ異様な**傷**がある。拡大すると、何かの模様に見える。

やがて椿依代は、ふたたび女性の上顎をつかむ。

ゆらゆらと、画面の右手へ消えてゆく。

「**2023－05－30　02:51:08**」。野良犬が戻ってくる。林道に伸びる線を、熱心に舐（な）め取り始める。

7

椿依代がドアを開け、よろけるように車外に出た。

地面に膝をつき、あえぐ。

「ちがう……俺じゃない……」

動画に映っていたのは、彼にしか見えなかった。

「椿さん、背中を見せてもらえませんか？」

椿は首を振った。「できない……あるんだ……できない……」

「あるんだとは？」

「来るな！」

車を降りた僕に、彼は叫んだ。僕は両手を上げて、何もしないことを表現した。

椿はなんとか呼吸を整えようとしていた。僕は自分用に買っていたペットボトルの水を、一本さしだした。彼は迷う素振りを見せた末に、受け取った。飲まずに、自分の上に掲げて頭を濡らした。

「俺じゃない。俺はあんなことしない。でも、**あの痣**は、俺の体にある……」

椿がパジャマをめくった。背中の、同じ位置に、同じ形の痣があった。あっという間に痣は隠された。指が震えていた。

「椿さん、夢遊病などを患ってはいませんか？」

「……夢うつつにあんなことをしたと？」

「人格を複数所持しているという自覚は？」

「ばかな！　そんなことは……ない……」

「ほんとうにあなたは殺していないし、死体を引きずってもいないんですね？」

「そうだ……そう……こんなもの見せられたら、信じられないと思うが……」

「信じます。合成です」

椿が、ゆっくりと僕の目を見た。

「ごう……せい……？」。生まれて初めて言葉に触れた人間のようだった。

「あなたがやっていないなら、この動画は偽物です。なんらかの合成技術を使ったんでしょう。ただし、ＡＩによるディープフェイクのような子供だましのレベルではありません。映画産業で使われるような、高度かつ専門的な技術が投入されていると思います。もしかしたらこの林道で撮影されたものですらなく、どこかのスタジオのグリーンバックで撮られたものかもしれません」

「なぜ……信じる？」

「……なぜとは？」

「その推理は、現実離れしている。合成だのなんだの、実際にやる人間がいるとは思えない。それよりも、俺が真犯人であると疑う方が百倍まともだろう。それを……なぜ信じる？」

答えようとしたが、うまく言葉がまとまらなかった。だから、別のことを話した。

「ナイフには、おそらくあなたの指紋がついていると思われます」

「ありえない。両刃のナイフなど、握ったこともない」

「最近、あなたの持ち物がなくなっていませんか？　ひそかに交換されているかもしれません。スマホカバーや、バイクのグリップ、電話の受話器など。あなたの指紋を採取できるものがあれば、感光剤とゼラチンで、指紋を再現したグミ指を作れる」

椿は絶句した。

「長い時間と、多くの資源を投入して行われた仕事です。やっぱりあなたはハメられたんだ。宮藤に電話してきた人物に」

「なんのために……」

なんのためだろう？

真犯人は、椿依代を恨んでいるのだろうか。そしてその復讐をしているのだろうか。だとしても、どうしてこんな回りくどい手順を踏むのか？

椿依代を殺したいなら、自分で殺せばいい。それこそ僕たちを銃撃してきたようなスキルや、プロを雇う資金があるならば、造作もないことである。なぜわざわざ、無関係な女性を殺して、偽の証拠を用意して、殺し屋を雇わせたのか。

あるいは、椿依代に、「殺人犯」という汚名を着せたかったのだろうか？

しかし汚名を着せて、社会的な地位を貶めたいなら、偽の証拠は警察かマスコミに送るべきであった。なぜ久津輪鳳太郎に証拠を渡したのか？　久津輪が業者に暗殺を依頼した時点で、このできごとは、闇から闇に葬られることが決まってしまった。

椿の言葉を借りるなら、「ちぐはぐ」な感じがたしかにする。

尋ねる。

「被害者の腹部に、たくさんの傷が走っているようでした。複雑な模様のようにも見えた。あれは、なんですか？」

椿はしばらく迷ったような表情を浮かべてから、ため息をついて言った。

「マガイモノだよ。あれが」

「どういうことですか?」

「被害者の腹に、マガイモノという**文字**が彫り込まれてたんだよ。凶器で、いびつにな。傷は深く、内臓に達していた」

なるほど。それが言葉の正体か。

真犯人の狙いがますますわからない。

「警察は、その意味をどう見てるんでしょう」

椿はまた黙る。やがて苦々しそうに言った。

「……答えは出ていない。犯人は久津輪汐に強烈な執着、もっと言えば恨みを抱いているんだろう。というざっくりした見通しにとどめている」

さらに彼はこう続けた。

「久津輪汐は、異性同性を問わずたくさんの……交友関係を持つタイプだった。だから警察は、本土でその交友関係を洗う方向にシフトしている。島内でのローラー作戦に見切りをつけてな」

「父親に恨みを抱く人物も調べているんでしょうか?」

「ああ、久津輪鳳太郎の敵は実に多い」

「容疑者は絞りこまれていなさそうですね」

「そう。どいつもこいつも怪しいし、どいつもこいつも決め手に欠ける」

僕はボックスティッシュを彼に渡した。

濡れた髪と顔を拭きながら、彼は言った。「夜が明ければ、じきに駐在所が不在であると知られる。本署への定時連絡もないと騒がれる。そんな状況下で、お前はほんとうに犯人を見つけられると思っているのか？　そして逃げおおせると？」

僕はうなずいた。そうするほかない。

そしてやり遂げた暁には、彼の新作を書店で買って読む。そう決めたのだ。

椿は自分の胸ポケットに、濡れて固く潰（つぶ）れたティッシュを入れた。「少し休ませてもらっていいか」と言った。声が疲れていた。

「横になりますか？」

「いや、ここでいい」

椿は助手席に乗り込むと、シートを少しだけ倒した。

あらためて思う。彼の疲労は当然だ。

つい数時間前に拉致され、拷問を受けかけ、殺しの犯人と疑われて、銃撃された。そして今、自分が死体を引きずる動画を見せつけられたのだ。消耗して当然である。

反対に僕は、車に乗らない。ＭａｃＢｏｏｋだけ持って、言う。

「僕はもう少し、宮藤家や付近の捜索を行います」

椿は手首を見せた。「つけるか？」

少し考える。車のドアが内側から開けば、セキュリティアラームが鳴り響く。逃げ出そうとする彼を捕まえることは造作もない。そしてそのことを、彼はもう十分にわかっているはずである。

「大丈夫です」。手錠はなし。ひとまずは。

答えるのに時間がかかる。見ると、椿の胸がかすかに上下していた。

どうしたら?

「なあ」と椿が言った。目を閉じていた。「どうしたら、そんなふうに育つんだ?」

にせもの。模造品。イミテーション。

僕は宮藤家の裏手に生えていた、楓の木に登る。宮藤が戻ってくれば、すぐに気づける位置である。ハイエースも視界の隅に収めている。

幹にもたれて、MacBookで調べ物をする。ディスプレイの輝度は最小に抑えている。

久津輪汐のこと。作品。SNS。交友関係。講演会やインタビューの動画。

久津輪鳳太郎のこと。くつわ学園のあゆみ。彼は三代目である。講演会やインタビュー。そして少なくないスキャンダル。

防犯カメラの映像を見返す。一時停止、ズームを繰り返しながら。

マガイモノと彫られた被害者の腹。ダガーは本来、切るためのナイフではなく、刺すためのナイフである。文字を書くのにはもちろん適していない。

基本的にこの犯人は、合理的にものを進めようとしているように見える。しかし時折、間欠泉のように非合理性が噴出する。そこにヒントが隠れているような気がする。

MacBookの隣には、注射器があった。注射器はポリカーボネート製である。筒の中に少しだけ薬液が残っていた。この正体も調べたかった。

調べ物を続ける。推理を続ける。

そうしながらも、頭の隅で、椿の質問がゆっくりと回転し続けていた。

どうしたらそんなふうに育つんだ？

『じゃあ今ポケットにある小銭でいいよ。タバコ切らしてんだよね』

僕を産んだ女性は、スーパーの袋に入れた生後二週間の僕を見せながら、和尚に言ったそうだ。

当時、和尚はまだ現場に出ていた。寺で後進の育成に励(はげ)みながらも、日々の糧(かて)を稼ぐために自身でも仕事を行っていた。

そのときの仕事は、中国海門(ハイメン)港→岡山港で行われていた銃器&覚醒剤密輸にまつわる、とある人物を殺害するというものだった。

そして、港近くの堤防沿いに建つ一軒家の中で、それを成し遂げた。

家を出たところで、その女性と出くわした。女性はスーパーの袋を、堤防の向こうに放り投げようとしているところだった。

『ね、ヤクザハウスから出てきたってことは、やばい人？　もしかしてこれ、売れたりしない？』

彼女からは、強烈なシンナーの匂いがした。

「その日、現場に出るのをやめたよ。心の揺らぎを悟った」

和尚は見たことがないほど険しい顔をして言った。いつもの柔和な笑顔はなかった。

「なぜその女性を殺さなかったんです？」。僕は尋ねた。当時僕は十歳にもなっていなかった。

目撃者は作らないのが鉄則である。もしも決定的な場面を目撃されてしまったら、仕事を増やすほか選択肢はない。

「殺せば、赤ん坊も朝までに死ぬ。その日の私には、それが妙につらいことに思えてな。それで引退を決めた」

和尚は女性に、茶色いサイコロを渡した。紙幣を重ねて折り畳み、加圧したものだった。

かわりに女性からスーパーの袋を受け取り、現役を退いた。

当然ながら、僕に当時の記憶はいっさいない。

思い出すのは、その話をする和尚の眉根(まゆね)が硬く硬く寄せられていたこと。そしてふだんは口にすることを許されなかった、菓子の強烈な甘さである。

寺での生活は、いや、和尚の訓練は、苛烈を極めた。

僕たちは、寺の庫裏に住み込んでいた。物心がついたとき、僕を含めて七人の少年がそこにいた。みんな僕より年上だった。僕たちはそこで寝起きし、殺し屋になるための訓練を受けていた。

「泣くな。涙で血液を無駄にするな」と和尚は言った。だから僕は泣いた記憶がない。そのかわり、和尚がひとりで泣いているのを時々見た。「一流になるんだ。そうしたら生きていける」

和尚の訓練は厳しかった。必然的に、訓練についていけない子どもが生まれた。その子どもたちは、いつの間にか姿を見なくなった。また、訓練をばっちりこなした末に、姿を見なくなる子どもたちもいた。和尚は後者を、「山を下りた」と表現した。前者のことは話題にのぼらなかった。いずれにしても、しばらくすると新しい子どもの顔が増えるのだった。

同じタイミングで見習い期間を過ごしたなかに、飛び抜けて目を引くふたりがいた。それが『花時計』と『煮こごり』だった。ふたりとも僕より年上で、あっという間に山を下りてしまった。

和尚も寺で育ったそうだ。はるか昔のことだ。かつて和尚には和尚ではなく、別の名前があった。和尚も別の和尚に育てられたらしい。和尚が今、いったい何代目の和尚なのか、さらに言えば、寺がどれだけの歴史を紡いできたのかということは、明かされていなかった。

和尚は、さまざまな知識と技術を僕たちに叩き込んだ。しかしもっとも重要視していたのは、次のマインドセットだった。

「心を殺せ」

心の揺れは、感情のブレは、合理的な判断を奪う。時には命を奪う。だから心を殺せ。殺し屋になるには、まず最初に自分の心を殺せ。

そのために和尚が用いた方法は、「大切なものを殺させる」ということだった。

よく覚えているのは、罠にかかった猪だ。まだうりぼうと呼んだほうがいいほど小さい猪だった。殺そうとすると、和尚が止めた。「癒やすことも学びなさい」。和尚の言うとおり、傷の手当てをしてやった。イチョウの木につないで、餌を与えた。和尚にすすめられて、名前もつけてやった。名前を呼ぶと、きぃきぃと鳴いた。そして罠の傷が癒えたころ、和尚に命じられて殺した。和尚の言うとおりに腹をさばき、心臓を取り出した。和尚の言うとおりに、かれた池に放った。真冬だった。翌朝見ると、心臓は水晶のように凍りついていた。「お前の心だよ」と和尚は言った。

人間同士でも似たようなことをした。和尚は強い子どもと弱い子どもで班を組ませた。家事を協力してやらせて、信頼関係を結ばせた。それからお互いに禁則なしで戦わせた。僕も僕を慕う子どもの両足を折った。それは班をシャッフルしながら何度も続いた。繰り返し重傷を負った子どもは、どこかに消えた。

凍りついた心臓。

あっという間に、心は殺せた。

そうせねば、その日を生きていけなかった。

そして十四歳のとき、とある人間を殺した。それがいわば卒業試験だった。

僕は、山を下りることを許された。

今住んでいる部屋をもらった。もう八年も経ったのだ。

集中できない。

僕はＭａｃＢｏｏｋを閉じた。宮藤も帰ってこない。ＭａｃＢｏｏｋと注射器を携えて、ハイエースに戻った。

椿依代は起きていた。

起きて、顔の前で『海底のひまわり』を広げていた。

僕がびっしり小説を、小説まがいのものを書き込んだ、あの。

彼が言う。

「お前、書くんだな」

ＭａｃＢｏｏｋと注射器が、地面で音を立てた。

8

「おい……大丈夫か？」

慌てて僕は、割れずにバウンドした注射器をキャッチした。ＭａｃＢｏｏｋも拾い上げた。

「もちろん、まったく問題ありません」

顔面が熱かった。体中から汗が噴き出しているのを感じた。くらくらした。

仮眠から目覚めた椿依代は、ダッシュボードを探ったのだろう。武器か連絡に使える道具、あるいは僕の身元を明らかにする何かを求めて。それらは見つからなかった。かわりに自分の本を発見したわけだった。

「ありがとう」と彼は言った。

ありがとう？　虚をつかれた僕に、彼は続けた。

「本を買ってくれたんだろう？　お前のじゃないのか？」

「いや、僕のです。僕が買いました」

「なら、ありがとうだろ。ファン発言はほんとうだったわけか」

「ええ、いや、ほんとうです」

「いつもこうやって、既存の本に書いてるのか？　小説を」

小説を。

「いや……本に書いたのは初めてです」。声が震えていた。「いつもは……手近な裏紙なんかに……」

「そうか」

「あの、読んでしまっ……くださったんですか……？」

「読んだよ、ぜんぶ」

体全体が発火したようだった。生まれて初めて、書いたものを人に読まれた。それも、椿依代に読まれたのだ。

「……どうでしたか」

何を言う！　と思った。取り消せ！　恐ろしい質問だった。心臓が狂ったように波打ちはじめた。こめかみがずきずき痛んだ。

椿は言った。

「面白かったよ」

「そんなわけないでしょう！」

思わず叫んでいた。

椿がじろりと僕を見た。叱られているようだった。僕は言った。反動のように、ごく小さな声しか出せなかった。

「面白くは……ないと思います」

うーん、と椿は言った。

「そりゃまあ一般的なストーリーテリングとはちがう。この作品のあらすじを要約したら、次のようになる。とある男が駅前で、えんえんと鴉の数を数え続ける。時折水分補給を挟みながら。最終的に、一万二千羽の鴉がカウントされたところで、了がついて終わる」

うわあっ、と声が溢れそうになった。なんなんだそれは。それは小説とは呼べないだろう。なんでそんなものを僕は書いたんだ。あんなに夢中になって。

椿が言う。

「だからいわゆる一般的な『物語』とはちがう。でも俺は、これはこれで面白いと思った。実験小説として。あれだな、ウラジーミル・ソローキンの短編の、変質後の世界がえんえん続く感じだ。グルーヴ感もあるよ。むしろ俺は、既存の単行本に書き込むというふるまいも含めて、このまま立体のアート作品にしてもいいかもしれんと思ったな。お前の文字は活字みたいだ。この人間離れした精緻（せいち）な文字の美しさが、造形物としての強度を支えてる」

「ばかにしないでください」

「ばかに……？」。椿の目が細まった。「俺は創作にまつわることで何かをばかにしたことなんて一度もない。嘘をついたことも一度もない」

「だって……こんなの……クズだ」。口にした瞬間、胸が真空になった感じがした。

「クズか聖典かは観客が決める」

　また視界がにじみそうで、怖かった。どうなってしまったんだ僕は？　左右に首を振った。

　椿が本のページをめくりながら言う。

「書き手らしさがにじみ出ていて、俺は本当に、これはこれで悪くないと思う。小説はなにより自由なものだからな。何をやったっていいんだ」

「僕は……あなたみたいな小説を書きたいんだ」

「そりゃ光栄だけども……つまり、『感情移入できる主人公が存在して、起承転結を伴う物語をそなえた』小説って意味か？」

　それだ。僕は何度もうなずいた。

ふーむ。と椿はうなった。ぱらぱらとページを繰って僕の文字列を眺めたあとで、言った。

「じゃあひとつだけアドバイスする」

どくん、と心臓が肋骨をたたくのを感じた。

「もっと自分の心と向き合おう」

「……その真意は」

「それはあとで話す。ひとまず朝飯にしよう。お前も腹が減ってるだろう」

気がつけば、木立の隙間から見える空が、青白く光り始めていた。日が昇りつつあった。彼が言った。

「東の集落に『えみ〜るマート』っていう商店がある。そこの手作り弁当がうまいんだ。漁師や観光客向けに五時半から売ってる」

「しかし宮藤は……」

「あいつは戻ってこなかった。別の角度から考える必要があるってことだ。俺は若いころ、さんざん食事をないがしろにしていた。でもそれで、本当の意味で満足いく仕事ができたことなんか一度もない。うまいものをしっかり食って頭を回したい。早く車を出せ」

言いたいことはあった。しかしハンドルを握った。ハンドルを握りながら思った。

自分の心と向き合おう、だと?

先生、僕の心は、僕が殺したんです。もうずっと昔に。

椿の道案内は不要だった。きのうの下見の際に、えみ〜るマートの場所は把握している。

すでに活動を始めている島民をちらほら見かける。クワを担いだままふらふらと自転車を運転する老人とすれ違い、椿に顔を隠してもらった。

目的地に向けてすいすい車を走らせる僕に、椿があらためて警戒心のこもった声をかけてきた。

「お前、この島にいつ入った？」

「きのうの昼前です」

「昼に入っていきなり夜、実行するのか……」

「長々と現場に滞留するのもリスクが伴いますから」

「いつもそれくらいの時間感覚でやってるのか？」

「仕事によってまちまちです」

椿依代は、僕がプロの殺し屋であることを受け入れつつあるようだった。受け入れざるを得なくなっているのだろう。そして僕の逮捕を諦めていない。僕と僕の背後にある組織、また依頼者ひっくるめて、まるごと明るみに出す望みをまったく捨てていない。

真犯人を発見し、椿依代を救うことに成功したとする。僕はその後の身の振り方も考えておく必要があった。角の立たない、うまい着地を収める必要がある。

ほんとうにそんなことができるのか？

午前五時半。いずれにしても、きょうの午後十時までが勝負だ。

えみ～るマートにはシャッターが降りていた。「本日私用のため、朝七時半開店」と張り紙が貼られている。車で待っていた椿に伝えると「なら、ｅｎむすびに行ってくれ。ゲストハウスだが、あそこも弁当を売ってる。六時から開いてるはずだ」

南の集落へ。

ｅｎむすびから少し離れたところに、古い民家と空き家が並ぶ路地があった。目をつけていた空き家の敷地内に車を入れる。コンクリート塀と、育ち放題の草木で目隠しができていた。

日はすっかり昇っていた。快晴だ。

僕は、自分のリュックサックから、丸メガネを取り出した。伊達(だて)である。

椿に渡す。椿が睨んでくる。

「もしあなたが島民に姿を見られたら、僕はそれなりのアクションを取らねばなりません」

「もしもお前が島民を傷つけたら、俺は死んでもお前をゆるさない」

「そのために、変装をお願いします」

椿は忌々(いまいま)しそうにメガネをかけながら言う。

「ｅｎむすびな、連続テレビ小説のヒロインみたいな女の子が売ってる。先週から住み込みで勤めてるバイトの子だ。金曜日だからアジアン弁当だな。バインミーもあったらふたつほど買っといてくれ」

「バインミーとは?」

「ベトナムのサンドイッチだよ。自家製のレバーペーストが最高にうまいんだ」

そう言いながら彼はパジャマのポケットを探り、「あぁくそ」と言った。「財布がないんだ」

「気にしないでください」

「殺人で稼いだ金で買った飯が食えるか」

「真犯人を見つけたあとで返していただければ」

申し訳ないが、言い争っている時間はない。椿を車内に残して、ロックをかけた。

ｅｎむすび。県道沿いに建つ、二階建てのゲストハウスだ。左は空き地。右側は民家が並ぶ。

店先で、少女がひとりテーブルに食べ物を並べていた。

きのう、刑事と話していた少女である。白いＴシャツに緑のエプロン。黒髪のボブ。花の飾りがついた安っぽいヘアピンが、日差しにきらめいていた。十八歳くらいだろうか。

近づく僕に気がつくと、彼女はきゅっと目を細くして白い歯を見せた。「いらっしゃいませ〜」

僕は外で食事をしたことがない。

また、日々のメニューも、この八年間崩したことがない。

コンビニ。スーパー。飲食店。町には食べ物があふれている。いつも疑問に思う。どうしてこんなに種類が必要なんだろう？　テーブルに広げられた、弁当とパン。世界中の色彩が集まったみたいにカラフルで、半ば圧倒されてしまう。

「バイ……バインミーってどれですか？」

「あ、こちらです〜。こっちの具がエビと揚げ豆腐でー、こっちが豚ハムとレバーペースト、こっちがサラダチキンと柿です〜」

パンに豆腐？　サラダとチキン？　で、柿？

「……アジアン弁当というのは？」

「あ、日替わりのお弁当ですね！　ごめんなさい〜。手に入らない食材があったみたいで。なので今日はスパニッシュ弁当なんです～」

「ああ……」。いったい何人の外国人が働いてるんだ？　「じゃあその弁当ひとつと、バインミーをふたつ。レバーのペースト？　が入っているやつで」

「はーい、ありがとうございます！　えーと合計が～」。少しだけ日焼けした指が、いちにいさんと食べ物を数えて、「二千二百円です！」

　彼女は手のひらをあわせて広げた。僕は、紙幣と硬貨をテーブルの隅に置いた。

「ありがとうございます～。観光ですか？」

「いや、仕事です」

「こんな暑くなりそうな日に～」。袋にすいすいとパンを詰めてゆく、彼女の手。

「あなたはいつからここで働いているんでしょう？」

「つい先週からですよ～。おしぼりと割り箸、いくつ入れときましょうか？」

「一人分で大丈夫です。島のお生まれですか？」

　彼女は腰をかがめる。足元の段ボール箱に、おしぼりと割り箸が入っているらしい。

「じゃあないんですけど、親戚がこっちの人で～」

　袋を差し出してくる彼女に、僕は言う。

「あ、割り箸もう一膳いただいてもいいですか？」

「いいですよ～」。割り箸。

「あ、おしぼりももうひとつもらってもいいですか？」

「もちろん～」。おしぼり。

顔を上げた彼女の首筋にくっつける。叩き折った割り箸の先を。

9

「あなた、きのう僕を狙撃しましたよね？」

「へ、ええ……？　これ、これなんですか……？」

「ゆっくりテーブルを回ってこっちに来てください」

彼女の指には、拳銃ダコを削り落とした痕があった。

こんな島に、タコができるほど発砲経験を積んできた人間がふたりといるはずがない。

「や、なに、えええ……」

彼女の声が甲高くなる。震える左手が、エプロンの胸をぎゅっと摑む。今にも悲鳴が爆発しそうに見える。

そのエプロンの陰。太ももの上。短いデニムのショートパンツ。パンツのポケットに、右手が滑りこんでいる。

僕は割り箸を首に食い込ませた。彼女が短い悲鳴を上げる。

「ゆっくり右手を出して。何か持っていたらこのまま静脈を破ります」

「そんな……なに言ってるのか……」

彼女が右手を出す。手のひらを見せる。何も持っていない。

「言うとおりにしますから……放して……」

その右手が、割り箸を握る僕の手首に近づいていた。自然に。しかしすばやく。

右手の人差し指の爪（つめ）が、膨（ふく）れている。

つけ爪か？　巨大な水滴のように、ぽってりと腫（は）れていた。そして爪の先だけ、鋭く尖っている。

反射的に、爪から逃れた。一瞬前まで手首があった空中を、爪がひっかいた。割り箸が彼女の首から離れていた。

「するど」。笑う彼女の顎を、反対側から拳（こぶし）で狙う。彼女は膝を抜く。テーブルの陰に消える。

爆発的なスタートを切るチーターみたいに、彼女は右へ飛び出す。

テーブルの下から段ボール箱が飛んでくる。足を取られて、僕は駆け出すのが遅れる。

彼女はゲストハウスと、隣の民家のごく狭い隙間に走りこんだ。

追う。いきなりのカウンターを警戒して、大回り気味に隙間に飛び込む。

彼女はいなかった。隙間の幅は人間の肩幅よりも少し広いくらい。姿を隠す場所なんてない。隙間の先には堤防と海が覗いている。

上から突風。

汚れたコンバースと両足が降ってくる。

パルクールみたいに昇っていたわけか。僕は彼女を肩車する形になる。

パン！　両耳が破裂する。どちらが天か地かわからなくなる。柏手（かしわで）を打つように、張り手を両耳にかまされたのだ。鼓膜が裂けていないことを祈る。彼女の太ももが、ギリギリと音を立てて僕の頸動脈を締め付け始める。

腎臓（じんぞう）めがけて右を打つ。目視できないので狙いが定まらない。さばかれる。そのまま腕を固められてしまう。左手をでたらめにぶつけるが、急所はガードされている。

「力、抜けてきたね」。彼女が囁（ささや）く。「いい感じ」。彼女の柔軟剤の匂いが、薄れてゆく。

駆け出した。彼女を乗せたまま。

海の方へ。隙間の出口近く。民家の二階に、出窓が張り出していた。

室内に人がいないことを祈りながら、彼女の肩から上を思い切りぶつけてやった。

地響きのような音。

彼女はガードを取るために、僕の手を離した。足の力もゆるんだ。湿った太ももの間に手をこじ入れて、彼女の体を引き剝がした。

彼女の気配が消えた。

見上げると、両手両足を左右の壁に突っ張って、音もなく隙間を昇っていた。目が合うと、ひらひらと片手を振ってくる。ゲストハウス側の屋根へと消えた。

逃（のが）すのは好ましくない。

騒ぎを他者に感づかれるのも恐ろしい。

僕は隙間を出る。ゲストハウスの裏側へ。堤防がある。その向こうには小さな砂浜がある。

周囲に人の姿はない。

ゲストハウスの二階には、物干しスペースがあった。大量の洗濯物が干されている。

タオルの隙間から、細い筒が覗いた。

堤防を飛び越える。直後に、背後で何かが跳ねる。

堤防に身を隠しながら思う。麻酔銃だ。銃口がふたつあった。筒が二列並んでいた。水平二連散弾銃のように、改造されているのだ。

「あれえ、凜子ちゃーん?」

のんびりした男の声が、ゲストハウスの正面からした。

「はあーい、二階でーす」。洗濯物の陰から、少女が返事をした。「ペンが見つからなくて〜! 洗濯物と一緒に洗っちゃってました〜!」

シュパッ。僕がほんの一瞬顔を出した。その瞬間に飛んできた。堤防のてっぺんで砂が跳ねた。

「あれえ、インクとか漏れてない〜?」

「だいじょうぶ! ごめんなさいマスター、すぐ戻りまーす」

隙がない。

アマチュアを倒すのは一瞬だ。というか一瞬で倒さないと、被害者が暴れて痕跡を撒き散らかしたり、目撃者が発生したりして困ったことになる。だから一瞬で無力化することを意識する。しかしプロ同士の戦いは拮抗する。隙がない。致命傷が入らない。だから長期化しやすい。事件発覚の可能性も高まる。

仕切り直すべきか。

直後、**ファンファンファンファンファン……**。

離れたところから聞こえてきた。ハイエースのセキュリティアラームだった。

椿が車の外に出たのだ。

落ち着け。心を殺せ。

「あれえ、なんだろね」という、のんびりした男の声がした。「なんの音だろね、凜子ちゃん」

少女の返事はなかった。

悪寒が走った。

堤防から顔を出す。二階の側面から、ひらりと飛び降りている少女が見えた。

僕も堤防を飛び越える。彼女は空き地を斜めに走り抜けて、音の発信源へと向かっていた。追う。

椿依代を狙っているのだ。

彼女は麻酔銃を持っている。すでに二発撃っている。再装塡(そうてん)していないわけがない。

「あれ、凜子ちゃん……？」

戸惑いに満ちた男の声が背後で聞こえたが、関わっていられなかった。

彼女は県道を横切り、路地に飛び込んだ。あと五秒ほどで、ハイエースを隠した空き家についてしまう。

追いながら、リモコンキーのボタンを連打する。電波よ、早く届けと願う。

少女がひょいと肩にかつぐようにして、麻酔銃を後ろに向けた。左に転がる。小さな民家の敷地内に入った。転がりながらボタンを押し続ける。

アラームが止まった。

ハイエースはほんの十メートルほど先だ。見つかるのに時間がかかることを祈る。

「きみ……アルバイトの……？」

絶望的な気持ちになる。椿依代の声が聞こえてきたのだ。

「おはようございます」と少女の声。会敵してしまったわけだった。

「それは……銃か……？」

「バインミー、食べられなくて残念でしたね」

「待て……下ろしなさい……」

「贔屓にしていただいて、ありがとうございました」

コンクリート塀を飛び越える。僕は真横から少女に組み付いた。

並んだ民家の敷地内を抜けて、彼女たちの横まで来ていたのだ。両手を上げた椿が、眼鏡の奥で目をまん丸にしていた。

彼女ともつれあったまま、地面を転がる。顔の真横で麻酔銃が発射される。弾道を確認する余裕がない。椿依代に刺さっていないことを祈る。

もつれあったまま、彼女の腎臓に拳を入れる。今度は入る。腎臓をえぐられて、力がゆるまない人間はいない。

麻酔銃をもぎ取る。放り投げる。

涙のように膨らんだ人差し指の爪が、僕の肌を求めて宙を泳ぐ。

彼女のエプロンをまくりあげて、顔と右手をくるむ。手首を摑むと、一気に空き家まで引きずり込んだ。塀の陰へ。

「おい、おい、乱暴はやめろ……！」。敷地の入り口で、椿依代が叫ぶ。プロ相手にあまりにのんきな言葉だった。

エプロン越しに彼女の顔を二度殴る。エプロンに血が滲む。「頼む！　やめてくれ！」。血の形で、彼女が笑っているのがわかった。

空き地の庭に、物干し台の残骸があった。ポールは錆びて、真ん中で折れている。コンクリートの土台。

僕はポールの根本を摑んだ。土台はずっしりと重かった。

「よせ、よせ、やめろ」と椿が言う。

「殺さない！　手足を潰すだけだ！」。気づけば怒鳴っていた。勝手なことばかり言わないでくれよ！　そう叫びたかった。あなたは彼女の動きを見てないから、我々の世界を知らないからそんなことが言えるんだ！

物干し台を振り上げた。

ガラスの砕ける音。椿が、瓶の破片を握っていた。「だったら俺が死ぬ！　そもそも俺が死ねば済む話なんだろう！」。破片が彼の手首につきつけられる。

少女が声を上げて笑っていた。エプロンに血のあぶくが浮いていた。

「頼む……頼む……」。ガラスが手首に食い込んでいた。血が滲んでいた。

僕は物干し台を振り下ろした。

土台は、少女の顔の隣の地面に、深々と食い込んだ。ポールが、根本の部分でぽっきり折れた。

椿が、汗まみれの顔で僕を見た。僕は彼を睨んだ。

「お兄さんかっこよすぎ」。少女がささやいた。

「あれえ、藪池さんだよねえ！」

県道の方から、男の声。ゲストハウスの主人だ。

「あ、ああ遠藤さん」と椿が返す。

「ちょうどよかった！　うちのバイトの子がさ、店ほっぽって突然いなくなっちゃって。こっちの方に来たと思うんだけど……」

僕は、少女を引きずって庭木の陰に身を寄せた。僕は唇の前に人差し指を立てた。葉の隙間から、椿依代と目が合った。

椿が、僕から目を逸らした。一瞬迷うそぶりを見せてから、こう言った。

「ああ……そっちの脇道に入ってったよ」

「ええ、どうしたんだろう……。変な話だけどさ、同じ方向に走る男もいたんだよ……何事かあったのかなって」

「男なら、この路地をまっすぐ歩いて行ったよ。遠藤さんのところの観光客かなと思ったけど。なに、不審者？」

太ももに熱。折れたポールが突き刺さっていた。

「えへ」とちいさな声。右の爪を抑えこむのに気を取られて、左手をカバーしきれていなかった。刺さったポールをそのままに、組み伏せ直し、絞める。

「わからないんだけど……変な叫び声も聞こえてね……」

「ああ、それなら俺かも。さっき本署のやつと電話で言い合いになっちゃってさ……」

「そうかあ……藪池さん、泥だらけじゃない。どうしたの？」

「ランニングだよ。そしたら滑っちゃって」

「ええ！　ケガは？」

「だいじょうぶ。さっきの男もランニング仲間かなあと思ったけどね……」

「うーん、そっかあ……」

「まあ何かあったらすぐ電話してよ。彼女も帰ってるかもしれないしさ」

しばらくふたりは立ち話をしていた。やがて男はゲストハウスに戻っていった。

椿依代が敷地の中に入ってくる。

彼は動かなくなった少女と、僕の足に刺さったポールを見て、色を失った。

「死んでません。失神しているだけです」

「お前の足は……」

「傷は深くない。まずは移動しましょう」

ハイエースに少女を積んだ。手足に手錠をかける。人差し指の爪にガムテープを巻きつける。ポールを抜き、傷口にハンカチを貼る。洗浄と消毒はあとで行う。

車を出した。しばらく走ったところで、「すまない」と椿がつぶやいた。僕は黙ったまま、首を振った。

10

椿は何度も後ろを向いては、後部スペースに眠る少女を心配そうに見つめていた。

「ちゃんと意識、戻るよな?」

「とっくに目覚めているはずですよ」

「……寝たふりか？」

「何度も繰り返して申し訳ありませんが、逃げるのは不可能ですから」

「宮藤のビーチサンダルを見つけたんだ。あんなセンスの人間が、島にふたりといるか」

僕は椿を見た。彼が言う。

「正確に言うと、サンダルをくわえてる野良犬だ。八幡神社（やはたじんじゃ）に親子で住み着いてる、真っ白な犬がくわえて空き家の前を横切っていった」

「それで追いかけたと？」

「サザエさんみたいだと思うか？　でも本当なんだ。犬はやぶに入っていったよ」

何が起きているのか。考えてもわからない。今は背後の少女に集中すべきだ。

東の集落へと移動した。集落のはずれにある、廃教会と乳児院にたどり着いた。周囲は林。乳児院の背後には、木々の隙間に海が覗いている。人が訪ねてくるような場所ではない。

車を停めて少女を見ると、彼女は目を閉じたまま、ニコッと微笑んだ。椿が首を振りながらつぶやく。

「俺、何度もあの子から弁当買ってたんだぞ……」

「ちょっとよろしいですか」

僕は椿に声をかけ、車を降りた。少女に聞かれたくなかったのだ。乳児院の前には、セメント製のマリア像があった。怪訝そうな顔をしている椿に言う。

「彼女はプロです」

「なんのプロだ？」

「殺しの。ですから彼女から情報を引き出すのは、僕がやります」

「いや、俺がやる」

「危険なんです。普通の犯罪者ではありませんから」

「だが――」

僕は先回りして言った。

「乱暴はしません。そもそもプロ相手の拷問は時間がかかる。彼女は肝も据わっている。自白剤に類する薬物もない」

「なら――」

「だとしても、二度と敵の前で『乱暴はするな』などと言わないでいただきたいです。あなたがそう言い、その言葉に僕が従ったことで、彼女は高をくくったはずです。こいつらは拷問はしないのだと」

「拷問なんてもってのほかだ」

「それは承知しました。でも、『拷問するぞと脅す』こともできなくなったんです」

「…………」

「あなたが暴力に強い忌避感を覚えているのはわかりました。そしてそれをできる限り尊重したいと思っています。でも……」。僕は迷ったが、続けた。「でも、これが僕の仕事だし、これに命をかけてきたんだ」

椿は僕の太ももの傷を見ていた。黙ったままタバコに火をつけた。

消毒薬と粘着包帯で簡単に手当てをした。

教会の扉には南京錠がかかっていた。ボルトカッターで金具の方を壊した。

そして歯と爪に注意しながら、少女を抱きかかえて教会の中へと運んだ。

どんな薬物／毒物を持っているかわからない相手と、狭い車内で相対したくなかったのだ。

「乱暴はやめてね？」

祭壇の手前に並ぶ長椅子に、彼女を寝かせた。手すりに手首の手錠をつなぐ。

椿はすぐ後ろで腕を組んでいた。

僕は彼女の隣に膝をついて、言った。

「僕があなたにお尋ねしたいのは、主に次の三点です。

①あなたは何者ですか？

②なぜ我々を襲ったんですか？

③あなたが殺人事件の真犯人でないなら、真犯人はどこにいますか？

できれば使っている毒物の種類も知りたいのですが」

「四点だ～」

「本来であれば、電撃と気つけ剤を併用しながら、二日間ほどかけて情報を引き出したいところです」

「おい――」「こわいこと言わないでね」。椿と少女が同時に言った。

本音だった。僕は想像する。椿依代を教会から追い出して、手早く、クリティカルな部分ばかりを責める拷問を行うことを。

しかしそれで彼女が口を割るかどうかはわからない。また、椿依代がどういう反応を取るかが読めない。ふたたび自殺未遂のような真似をされることだけは、避けたかった。

午前七時が近づいていた。残りは十五時間。

「これでどうでしょう」。僕は指を二本立てた。「情報ひとつにつき、二百万円で買います」

「お前……馬鹿か?」「お兄さん、そんなお金あるの?」

「みっつくらいは買えるはずです」

お金で解決できるならそれがいちばん早い。僕の給料はそっくり和尚が管理してくれている。ほとんど使うこともなかった。事情を話して引き出せば、おそらく足りるはずだった。

風車が回るような音を立てて、少女が笑った。

「えーじゃあ話しちゃおうかなあ。前金でくれる?」

「お話しいただいて、それが真実とわかってからお支払いします」

椿が唖然としているのが見えたが、今は構っていられなかった。

「うーん。ま、たしかにおまわりさんが見てないとこで目玉えぐられたりしたくないしね。ちょっと考えていい?」

「わかりました。じゃあそのあいだに、ボディチェックをさせてもらいます」

「やさしくお願いしますっ」

僕はまず、彼女の人差し指に巻き付けていたガムテープを剝がした。いつ攻撃に転じてくるかわからないので、油断しない。膨らんだ爪が現れる。

革手袋をはめて、爪を潰した。パキ、とかすかな手応えがして、尖った爪の先から透明なしずくが床に垂れる。

「この液体はなんですか?」

「話すかどうか考えちゅう~」

しずくを完全に切ってから、ふたたびその指にガムテープを巻き直す。そして本格的なボディチェックをはじめた。銃器やナイフを持っていないのは明らかだったが、さっきの爪のような小道具を隠している可能性がまだじゅうぶんにあった。念のためヘアピンも回収しておく。

椿が背中を向けて、祭壇の方へと歩いていった。

「くすぐった~」と彼女が笑った。

彼女のへその下、下腹部に、**焼印**があった。

とぐろを巻いて舌を見せる**ヘビ**が、皮膚に赤黒い畝を作っていた。

「なんですかこれは?」

「それも二百万でいい?」

「いえ、これは質問①に含まれます」

声を聞きつけた椿も近づいてきた。彼女の肌が見えない位置で立ち止まり、僕たちの様子をうかがっていた。

「えぇ~まいいや。わたし、少女兵だったんだよ。コロンビアで」

「な……いつ?」と椿が言った。

「たしか九年前~」

「そんな……」

「パパが風力発電所の職員でね〜。家族まるごとゲリラ兵に誘拐されたんだけど、身代金の交渉がうまくいかなかったみたいで。パパは殺されて、わたしは少女兵になったよ。九歳だった。そのとき押された焼印〜。ママはどうなったかわかんない」

「いつ解放されたんですか？」と僕は聞いた。

「十三歳になってたから……五年前かな？　時間感覚が曖昧になっててね〜」

椿の顔が、脇腹を刺されたみたいにくしゃくしゃになっていた。

僕は尋ねた。「あなたのスキルは、そのとき培ったものだと？」

「ね、お兄さんの話も聞かせてよ」と少女は言った。横顔が輝いていた。「お兄さんこそ、ガチプロでしょ？　どこでどんな訓練受けたの？」

首を振った。「尋ねているのは僕です」

「えー。おまわりさんとどういう関係なの？　SP？」

「ボディチェックを続けますね」

椿があわてて背中を向けた。少女は楽しそうに喋り続けていた。「もしかして元傭兵とか？　だとするとわたしとおんなじだねっ」

ショートパンツの内側に、隠しポケットがあった。

そこには一枚の名刺が入っていた。

ほかにはなにもなし。スマートフォンも、現金も、身分証明書もなし。武器の類もなし。彼女が毒使いなら当然抗毒剤を持っているはずだが、それもなかった。ゲストハウスにまとめて置いてあるのだろうか。

名刺をあらためる。質感のある黒い紙。そこにアルファベットの「M」をモチーフにしたロゴマークと、「Maison de」という言葉だけが、エンボス加工で記されていた。

「あなたの名刺ですか？」

「自分の名刺なんて持ってないよ～」

「ではこれはなんですか？　メゾン・ド？」

「……なに？」

僕は椿の方を見た。椿は死人が起き上がるのを目の当たりにしたような顔をしていた。「見せて……見せてみろ……」。手を伸ばしながら近づいてきた。少女が嬌声をあげたが、まったく耳に入っていないようだった。

名刺を手にした椿は、顔を青ざめさせた。紙の表面を指の腹でこすりながら、まるで恐怖しているみたいだった。

「どうしてこれを……」

「ご存知なんですか？」

「早く服を着せろ！」

僕は彼女の服を直した。椿が、僕と彼女のあいだに割り込もうとしてくる。「どこで手に入れた！」。押し留める。「血管を噛み破られます」。手を振り払われた。僕は言った。「素人の拷問は通用しません」

「拷問なんかするかよばかが！」

「メゾン・ドとは？」

「知る必要はない！」

なぜそこまで激烈な反応を見せる？

「おまわりさん、この名刺知ってるんだ？」と少女。

「きみこそこれを、なぜ」。椿はほとんど叫んでいた。

「これ、一千万でもいい？」

「ばかな話はやめなさい」

「おまわりさんちの裏だよ。オリーブの木に留められてた」

たしかに名刺の上部には、ピンが刺さっていたような小さな穴が空いていた。

少女は、椿の様子をじっと観察していた。

椿の顎から、汗がしたたり落ちた。

「よろしいですか」

僕は半ば無理やり、椿を通路に押し出した。「貴様！　こら！」。そしてそのまま教会の外へ出る。

曇った窓越しに、少女の様子が覗けるところで止まる。顔をまだらに染めた椿に言った。

「メゾン・ドとはなんですか。あなたの口から聞かせてください」。僕は頭を下げた。「情報を共有させてください」

荒い息が聞こえていた。ライターの音。顔を上げると、椿がまたタバコを吸っていた。吸い終える。髪をかきあげ、二本目に火をつけてから、「幽霊だよまったく」と言った。語り始めた。

11

「メゾン・ド（Ｍａｉｓｏｎ　ｄｅ）を立ち上げたのは……香川県警の生活安全課に属してた警官だ。二股直己。警察学校の同期でもある。最初は、援助交際を望む客と不良少女をマッチングさせるだけだった。あっという間に凶悪化した。二股は自分の立場を活かし、『家出していても捜索願を出してもらえていないような、親に見捨てられている少女』を狙うようになった。手下に誘拐させて人員を稼ぐようになったんだ」

児童売春組織だったのか。実に悪質な。

「組織が拡大すると、やつは警察をやめた。やつには商才があった。有力者たちを見事に顧客として取り込んだ。噂だが……そこには当時の県知事までが含まれるとささやかれていた。なにせ事態に気づいた県警が大慌てで捜査にあたろうとすると、途端に圧力がかかってにっちもさっちもいかなくなったからな。あとでわかったが、本部長も取り込まれていたらしい」

あなたとの関係は？

「俺が解体のきっかけを作ったんだよ。娘がいたからな。耐えられなかった。それで単独で組織のことを調べた。やつらのアジトは県南の山間部にあった。森の中、池のほとりの家が事務所兼住居だった。なんというんだったか……そうだ、シルバニアファミリーだ。信じられるか？　赤い屋根に煙突がついた、ウサギの人形が暮らすような家に、二股は少女たちと暮らしていたんだ。で、俺はメゾン・ドに在籍する少女の中に、大阪出身の家出少女がいることに気づいた。だから大阪府警に情報を流したんだ。それで府警が動いて、組織を摘発した」

犯人はどうなった？

「二股は刑務所に入るのを恐れて、留置場で手首を噛み切って死んだよ。ちなみに本部長も首をくくったが、死にきれずに植物状態になった。顧客の中にはマスコミ関係者や雲の上の人々も含まれていたようでな。ことの大きさに比べて、報道の量はあまりにささやかだった。今でもインターネット上では、闇に葬られた事件としてさまざまな都市伝説がささやかれてるよ」

あなたはどうなった？

「俺はユダだよ。県警の中で爪弾(つまはじ)きになった。露骨な左遷も食らった。この島には志願してきたんだ。正直、やつらと離れられてせいせいしてるくらいだ……これ、ほんとうに当時のそのまんまだな」

椿は名刺を見つめながら言った。

わずかに違和感が残る。彼とメゾン・ドには確かに因縁(いんねん)があった。だがその因縁と、さっきの彼の反応には、微妙に食い違うものがあるような気がした。

しかし言語化できない。それにいずれにしても、彼はもうしゃべろうとしなかった。

僕は言った。

「あなたには、メゾン・ドの関係者に恨まれる理由がある」

椿は名刺から顔を上げなかった。僕は続けた。

「あなたはメゾン・ドの解体のきっかけを作った。リーダーの二股直己は自殺した。それを恨む人間がいてもおかしくない。今回のできごとは、その**復讐**なのかもしれない。あの少女は、復讐のために雇われた人員かもしれない」

その復讐が異様に非効率的である、という謎は脇に置いておく。「名刺は犯行予告のようなものかもしれない。復讐者に心当たりはありませんか？」

黙っていた椿が、咳払いして言った。

「二股直己には……たしか息子がいたはずだ」

「すばらしい」と僕は言った。「今なにをしているか、わかりますか？」

椿はしばらく考えてから言う。

「大阪府警の刑事に貸しがある。昔、情報を売った相手だ。横木警部補。いや、警部になったんだっけか。俺とは正反対だよ」

「信頼できますか？」

「信頼できた警察官は人生であいつだけだな」

「じゃあその横木さんのアドレスはわかりますか？」

「お前な……直接出向いて持ちかけるべき話だろう。せめて電話をかけさせろ。俺の携帯を返せ」

「それは……難しいです」

「俺が助けを求めると思ってるのか？」

「声は体よりすばやいですから」

「なら俺の横にナイフ持って立ってろよ。で、怪しいそぶりを見せたら刺せばいい」

それができれば苦労しない。

悩んだ末に、僕は彼のスマートフォンを渡した。

彼はこちらに液晶画面を見せながら操作する。「横木さん」という連絡先が表示された。電話番号を記憶する。

「スピーカーでお願いします」

「呼吸止めとけるか？　人がいると感づかれたら分が悪い」

「はーい、横木です」。明るい声の女性が出た。

「ご無沙汰しております。県警の藪池でございます」

「藪池さん～どうされたんです？」

「不躾なお願いになってしまい恐縮です。二股直己の息子についての情報を、お持ちではないでしょうか」

「何があったんですか？」。声の明るさは変わらない。

「のちほど必ずご報告します」

「ふうむ」としばらく黙りこんでから、「アコウを投げで狙いたいんですが」と言った。

「シーズンインしましたものね。なら茂木の一文字堤防がいいでしょう。いつでもご案内します」

「わかりました。ではのちほどお送りします」

電話が切れた。僕は息をついた。

「お前……本当に息止めてたのか……」と椿が呆れたように言った。

僕はスマートフォンを受け取りながら言う。「県警にはほんとうに味方がいないんですね」

椿はひらひらと手を振った。「横木の仕事は早い。じきにバックがあるはずだ」

「じゃあ尋問に戻りましょうか」

「いや、認めるよ。あの子はややこしい。さっきは俺も血がのぼっちまったが、あの子、しゃべるつもりがないな。金も効き目ないぞ」。それは僕もうすうす感じていたことだった。「むしろ反対にこっちの情報を引き出そうとしてる節がある」

それはかまわない。彼女が元の世界に戻れる可能性はないのだ。こればかりはいかに椿が願っても譲れない。彼は続けて言う。

「外堀を固めてから揺さぶっていく必要がある。横木のバックを待とう。それまで飯だ。血糖値が下がり切ってる」

なるほど。やはり悠長だ。

「食事ならあります」

僕はリュックの中身を見せた。バーとドリンク。椿が嘔吐物でも見たかのように顔をしかめた。

「勘弁してくれ」

「栄養はあまねく摂れますよ」

「もしかして毎朝それなのか？」

「いえ、毎食これです」

椿は絶句して、僕を上から下までじろじろ見つめた。「冗談……じゃないんだよな……」

「いくつでもどうぞ」

「気が滅入った。えみ〜るマートに行こう。近くだし、もう開いてるだろう」

僕は気が急いていた。本音を言えば、今すぐ彼女に拷問でもして答えを引きずり出したかった。しかし椿は譲らない。「ハードなときこそ、ちゃんとした飯を食うんだよ」

店から少し離れたところに車を停めた。

少女を教会に残してくることはできない。椿と同じ車内に残すのも不安である。だから少女を拘束した上で、ハイエースの床面の隠し収納に隠した。高さがないので圧迫感があるだろうが、我慢してもらうほかない。

「そこまでしなくてもいいんじゃないか……」と椿は言った。僕は首を振った。少女には猿轡も噛ませる。彼女がどんな手を使って椿を挑発するかわからない。隠し収納の蓋を閉める。顔が隠れる直前、彼女は僕にウインクした。蓋には南京錠をかけ、元通りマットをかぶせた。

彼女と椿を車に残し、店へと走った。

店内には、食料品と日用品の古いにおいが染み付いていた。商品の数が少なく、棚がすかすかだった。

しかし弁当コーナーは実に充実していた。大きな炊飯器が置かれ、その場で白米を詰める方式になっていた。また、おにぎりが大量にあった。

椿はこう注文をつけた。鯖の弁当ふたつと、おにぎりをたくさん。明太子のやつを多めに。またカップの味噌汁も。あの店は電子マネーが使えるから、俺のスマホで決済してくれと。

僕はレジの老人に尋ねた。

「鯖の弁当って……？」

「鯖はそれ」

「これですね？」

「それはシャケ！　身が白い方！」

老人の顔には、大きな火傷（やけど）の痕があった。古いものらしく、その部分だけが使い込んだヌメ革のような色をしていた。

店の奥では、衣料品が十着程度売られていた。

もちろん自分の現金で払った。レジの横にはモバイルバッテリーも置かれていたので、それも買った。


ふたたび教会に。

椿が言うので、少女を隠し収納から出してやった。「ぷあ〜すっずしい〜」。車からは出さない。

椿は車を降りると、乳児院の脇に転がっていた木製スツールを起こして座った。ペットボトルのお茶を一息に半分ほど飲んでから、弁当の鯖を頬張（ほおば）る。

「今日も暑くなりそうだな……昼過ぎにはザッと降るみたいだが。お前は食わないのか？」

「あとでいただきます」

人と一緒にものを食べるのは苦手だし危険だ。寺を出て以来、誰かと食事したことはない。

そう言えば、と思い出す。『海底のひまわり』のエピローグは、主人公と女性が食卓を共にする場面で終わっていた。あの女性は、元々は復讐のために主人公に近づいていた。でも主人公もまた苦しんでいることを知り、復讐することができなくなったのだ。そして姿を消した。

女性の秘密を知った主人公は、彼女の捜索をやめる。そして町を出てゆくことを決める。ところがそこで、女性が自死を企（たくら）んでいることを知ってしまう。事件を起こしたカルト教団は、主要メンバー逮捕後も、少数の信者たちによって名前を変えて細々と活動が続けられている。彼女はその道場に、包丁を持って乗り込もうとしていた。貧しい自爆テロだった。数日前に、彼女の父は容態が急変して死亡していた。もう彼女には何も残っていないのだ。

　主人公は、ゆらゆらと道場の玄関をくぐろうとしている彼女を見つける。そして抱きしめる。包丁ごと。どうか死なないでほしいという気持ちを、たどたどしい言葉で伝える。言葉には、肺から溢れる血が混じっている。主人公は大怪我を負う。しかし、彼女が罪を犯すことを食い止めることができる。そして、彼女が命を断つことを食い止めることができるのだ。そうしてエピローグとなる。言葉はない。静かに、静かにふたりは食事を共にする……。

「……なんだかハアハア聞こえるが……大丈夫か」

「まったく問題ありません」

「……この島は海の幸にも山の幸にも恵まれてる。瀬戸内の島にしちゃ珍しく、米も育つし生乳も取れる。だから料理が実に楽しいんだが、いつも自分の味付けじゃ飽きるんだよな。一日一食は人が作った飯を食いたくなる……。なあ、お前はなんで小説が好きなんだ？」

　突然の質問に息が詰まった。静脈に、いきなり氷水を注射されたようだった。

　僕は口を開いた。そして閉じた。また開いた。言った。

「ほかの作家の作品も読むんだろ？　なんで小説を読むんだ？」

「小説は……ぜんぶたわごとです。現実にいっさい干渉しません。手のひらで完結する、安全な趣味です。そして人と関わる必要もほとんどない。指紋がついた本さえ処分すればいい。これがたとえばテニスだったら。ビンゴゲームだったら。軟式野球だったら。リスクばかりが目についてしまう」

喋りながら、どんどん早口になるのを感じた。直前に言ったことを塗りつぶして隠すように、次の言葉を発していた。

「そうか。じゃあ書くのはなぜ好きなんだ？」

「……読むよりも輪をかけて安全だからです。店に入る必要すらない。そこらにある紙に書きつけられる。ペンさえあればいい。書いたものはよく燃える。こんな自己完結した趣味は、ほかにないと思います。殺し屋にはうってつけだ」

舌が痺（しび）れていた。椿がお茶を飲む気配がする。なぜかそちらを見るのがためらわれた。

「嘘だと思う」

心臓が止まった。僕は椿を見た。椿は僕の顔を見ていた。

「明け方の続きを話そうか。自分の心と向き合えといった理由をな」

苦しかった。呼吸を忘れていた。彼は言う。

「まずあらためて、もう一度、念を押しておく。俺はお前が書いたあの作品を、あのままでじゅうぶん面白いと思ってる。まったく恥じる必要なんてない作品だと思ってる。その上で、あの作品と、お前が求めるいわゆるカギカッコつきの『普通の小説』の違いを伝える。あの作品には、心が描かれていないんだ」

心。心が描かれていない。だと？

喉がからからに渇いていた。

「小説に限らず、一般的な物語というものは、人間を描くものだ。もっと言えば、人間の心を描くものだ。心がエンジンになって、人間はアクションを起こす。そのアクションを起こした結果が返ってきて、心がなんらかのリアクションを見せる。そして心がふたたびエンジンとなり、人間は別のアクションを起こす。物語は、そして人生は、この繰り返しだ。これはたとえ、主人公が擬人化された熱帯魚であろうが、キューピー人形だろうが変わらない」

なぜだか無性に叫びたかった。怒鳴りたいと言ったほうが近いのかもしれなかった。でもどういう言葉を発したらいいのかはわからなかった。喉に固い栓が詰まっている。

しかし思えばたしかに、椿の作品は感情描写が鮮烈だった。はじめて『海底のひまわり』を読んだとき、オーケストラの爆音をゼロ距離で浴びたように感じたことを思い出した。

「だから、キャラクターの心を正確に把握する必要がある。それこそが物語の核なんだから。だから聞く。お前のキャラクターは何を考えてる？　何を思って鴉を数えてる？」

うめいてしまった。喉元まで胃液がせり上がっていた。飲み下して答えた。

「……わかりません」

「聞いてみたらいい。『ようあんた。そこのあんた。なんでそんなことしてるの？　今どんな気持ちなわけ？　ほかにやりたいことはないの？』って。そしたらなんて答えるだろう？　想像してみろ。もしかしたら、思ってもみない返事が返ってくるかもしれんよ」

こめかみの血管が脈打つ。なぜだか無性に恐ろしかった。それでも僕は頭の中に、鴉を数える男を思い浮かべた。灰色の、ピクトグラムのような男だった。

椿が言った通りに、彼の背中に、尋ねてみた。

もしもし、なぜそんなことをしているんでしょう？　愉快なんでしょうか？　よければその魅力を、教えてくれませんか？

返事を待った。男の言葉を待ち続けた。

のっぺらぼうの男は、振り向いてもくれなかった。

海鳥の鳴き声で、我に返った。視界がぼやぼやになっていた。顔をぬぐうと、手のひらが濡れていた。動揺した。

なんで小説のことになると、僕はいつもこんな反応を？　僕は、僕は本当にどうなってしまったんだろう。情けなかった。地面をアリがさまよっていた。声が漏れていた。「……他人の心なんて、わかるわけがない」

「わからないよ」と椿は言った。「わからないから、自分の心を参考にするほかないんだ。登場人物に、自分の心を、心臓のかけらを埋め込んでしまうんだ」

僕はふたたび顔をぬぐった。椿が続けた。

「ただし、そのためには、自分で自分の心をよーく知っておく必要があるよ。心ってものがどんなときにどう動くのか、よくよく摑んでおく必要がある。だから普段から心の声に耳を澄ますこと。本音や本心に蓋をせず、見つめてやること。自分の心と向き合えと言ったのは、そういう意味だ」

それは……しかし、それは……。顔を上げた。

椿は、まっすぐ僕を見つめていた。僕はふたたび目を逸らしてしまった。

唇を開くまでに、途方もない時間がかかった。

「……心が死んでいる人間には、縁のない話ですね」

「誰の心が死んでるって？」

「……ほかに誰がいるんですか」

「よくよく自分の胸のうちに耳を澄ましてみろよ。……もちろん、俺も恐ろしかったよ」

どういう意味だ？

僕は口を開こうとした。しかしそれより先に、椿のスマートフォンがトランスミュージックを奏(かな)でた。

藪池さま
お疲れ様です。横木でございます。

お電話の件、さっそく調べがつきました。当時の捜査官のひとり（森下(もりした)です。覚えていますか？いまだにしょっちゅう左右別々の靴下を履いていますよ）が、二股の息子のその後を気にしてしばらく追いかけていたようで、彼から早急に情報を得ることができました。

二股直己の息子は、二股アンドリウという名前です。

事件当時は十歳でした。現在は三十六歳になっているはずです。

十年ほど前から中国に住んでいるそうです。そこで、相当に違法性の高い動画を専門に作る制作会社を立ち上げていたらしいですよ。

のちほど、顔写真もお送りいたします。

先んじて、先月の釣果を添付いたします。

12

五十歳くらいの女性が、座布団のように大きなカレイを掲げる写真があった。

椿が笑った。「あの人はプロアングラーとしても成功しただろうな」

彼の言葉が頭で渦を巻いていた。小説は心を描くもの。自分の心を知ることの必要性。そして、「自分の胸のうちに耳を澄ましてみろよ」「俺も恐ろしかったよ」。

どういう意味か。もっと詳しく聞きたかった。でも、なぜだか怖かった。それに、事件の解決のほうが、ずっとずっとずっと大切なことのはずだった。

だから、やはり、心を殺せ。切り替えろ。

写真の下には、URLがあった。

クリックすると、さまざまな人種の男性たちが、なごやかにクリケットを楽しむ動画が流れた。G20に参加する各国の政治的なリーダーたちだった。アメリカのリーダーがフライを打ち上げ、中国のリーダーがガッツポーズしていた。

その動画に一切の違和感はなかった。表情の変化。筋肉の躍動。合成を疑わせるような瞬間は一瞬たりともない。ただし、多くの国のリーダーが、一代、あるいは二代以上前の人物たちだった。

十秒ほどの動画が終わると、画面の中心に「le cinema」と表示された。「since 2013」。

メニューが立ち上がる。選択できる言語は豊富だった。しかし日本語はない。英語で会社概要を読み進めていった。

「ル・シネマ（le cinema）は、動画であなたの夢を叶えます！」

要は、オーダーメイドでフェイク動画を作成する会社だった。使い道としては、個人の後ろ暗い欲望を叶えるためや、政治的・経済的な工作活動のためなど。売れ筋は、実在の警察官を主役に据えて作るスナッフ・フィルムらしかった。

「ボリウッドでキャリアを積んだスタッフが、どんな夢も現実にします！」

「**制作実績（依頼者様から許可を得た作品のみを公開しています。）**」のページを見た椿は、顔をしかめて粘り気の強い唾液を吐いた。

「わかった、止めてくれ」

停止ボタンを押す。赤ん坊の泣き声がやんだ。

「親がメゾン・ドで、子がル・シネマか」。椿がうめくように言った。膝に手をあてて、呼吸を整えている。「ばかどもめ」

これだけの技術があれば、あの防犯カメラの動画を作ることは可能だ。

「二股アンドリウは、あなたを逆恨みしているのかもしれない」。声が上ずっているのを感じた。

「組織が摘発され、父親が自殺に追い込まれたことで。そして今、あなたをハメて復讐しようとしているのかもしれない」

椿依代は、乾いた笑いをこぼした。

「復讐されるのか、俺が」

復讐にしては、回りくどい。アンドリウは、自身の特技であるフェイク動画を活用したかったのだろうか。それでもやはり不自然だ。

　しかしそれでも、アンドリウが容疑者の筆頭に躍り上がったことは間違いない。くわしい動機は命乞いとともに聞いてやれ。

　光が見えてきた。


　数分後、ふたたびメールが届いた。

　そこには、アンドリウの写真が添付されていた。刈り込まれた金髪。小さな黒目。口の周りの髭。パンプアップした熊のような男だった。紫色の飲み物が入ったカップを持っている。コデイン入りの咳止め薬を割ったものだ。

　画質が粗かった。メール本文によると、ミュージックビデオのスクリーンショットをトリミングしたものらしい。アンドリウは二十代の一時期、中国でラッパーとして活動していたそうだ。動画はすでに削除されているという。

「こいつ……島で見たぞ」

　椿依代がつぶやいた。鼓動が早まるのを感じた。

「あれはたしか水曜だ。つい二日前か。地域巡回の帰りに見かけたんだ」

「たしかですか」

「髪は黒くなっていたし、黒縁の眼鏡をかけていた。そして太っていた。それでもこの目つきは間違いない」

「彼は何を？」

「港の近くの風間(かざま)商店から、大量の食い物を買い込んで出てきた。レジ袋四袋分だ。まるで何日もどこかに潜伏するみたいだった」

「だから印象に残ったと？」

「暑いだろうに、セリーヌ？　だかなんだか忘れたが、ブランドもののパーカーを着てた。袖(そで)から覗く手の甲に、びっしり刺青が入ってたんだ。カタギじゃないのは明らかなんで、挨拶(あいさつ)したんだよ」

「それで？」

「デカみたいな物言いをするな！　言葉遣いは丁寧だし、愛想(あいそう)も抜群によかった。そして注意深くこちらの狙いをうかがっていた。フロント企業の役員みたいだったな」

「彼はなんとおっしゃったんですか」

「宿を取ってると言っていた。『民宿まえだ』に。免許証も見せてもらった。ほかの所持品も嫌な顔ひとつせず見せてくれた。あとで民宿に電話して確認してみたら、たしかにその男が名前で予約が取られてたよ。それでおしまい。あの免許証も偽造だったわけだな」

　つい二日前に、この島にいた。

　今、午前八時だった。日が昇って、人々が活動を始めかけていた。じきに椿の不在も明らかになるだろう。動きづらくなる。

　それでも、希望が見えた。

　じゅうぶんに、じゅうぶんに間に合う可能性がある。

　なんとしても、アンドリウを発見・確保するのだ。

眠気があった。一晩中動き続けてきたのだ。疲れている。しかし、殺しの仕事を終えたときにいつも感じる、ガソリンが尽きて体が空っぽになるような疲れではなかった。熱い風呂に浸かっているような、じんわりした達成感があった。

椿に彼のスマートフォンを渡した。買ったばかりのモバイルバッテリーも渡す。その瞬間、悪寒が走った。

「はい民宿まえだ〜」。中年女性の声。

「あ、駐在の藪池です〜。ごめんね朝の忙しい時に」

「ほんとよ〜。どうされました？」

椿が駐在所を空けていることは、まだ騒がれていないようだ。

「おとといさあ、吉原って男が泊まってるって教えてもらったでしょう」

吉原というのが、二股アンドリウが使っていた偽名か。

「ああ〜チェックインしなかったのよ、大迷惑よ〜」

電話を切ったあとで、椿が言う。

「俺に職質かけられて、民宿まえだに泊まるって嘘をついた。それで俺が確認することを見越して、宿泊予約を取った。しかし実際には泊まらなかった、のか？」

椿は、ほかの宿に電話をかけ始める。

モバイルバッテリーを揺らしながら。

「民宿いまぁごです」「プチホテルトロントです」「ｅｎむすびでございます。ああ、藪池さん〜」

吉原という男は泊まらなかったか？　人相はこうだ。刺青がある。もしかしたら、二股という本名を使ったかもしれない。

島内、すべての宿がからぶりだった。椿は、民泊サービスを行っている民家にも電話をかけ始める。

脳内で違和感が育ち続けていた。バッテリー。店員の老人。顔の火傷。なんだ？

椿がスマートフォンを地面に置く。

「この数日間、二股アンドリウを泊めた宿は、この島にはない。しかしわざわざ島で食料品を買い込んで、本土に戻るやつはいない。この島に滞在していたはずなんだ。誰かこの島に知り合いがいるのか。あるいは空き家や廃墟を利用したのか……おい、どうした……？　おい……！」

車のドアをひっつかみ、引き開けた。

13

乗り込んでドアを閉める。ロックをかける。

目だけで少女が微笑んでいることがわかる。

Tシャツをまくり上げる。下腹部の焼印。

外から椿がドアを叩いている。スモークで車内は見えないはずだった。くぐもった彼の叫びが、遮音ガラス越しに聞こえてくる。

焼印に触れた。赤い凸凹。

彼女は九歳で拉致されて、少女兵になったと言っていた。今、彼女は十八歳だという。九年も経っていたら、火傷の色味はもう少し落ち着いているべきだ。

爪を立てた。引きむしった。少女が猿轡の下で何かを叫ぶ。車のドアが激しく鳴る。

焼印がぼろぼろと剝がれ落ちた。ラテックス。

下から、刺青が現れた。

朱鷺の刺青が。

がくんと脳みそが揺れた。ハイエースの床がいきなり抜けて、地面に叩きつけられたようだった。

少女は叫んでいるのではなく、笑っていた。

落ち着け。落ち着け。心を殺せ。

工具箱からノミを取り出した。少女の口から猿轡を取り去った。きゃははは！　笑いが溢れてきた。

額を押さえて彼女の頭を固定する。親指で左のまぶたをめくる。

「お前は何者だ」

ノミの先を、眼窩(がんか)と眼球のあいだに滑り込ませる。

「はあ、すごいひんやりする」

「お前は何者だ！」

眼球をえぐり出そうとした。「大事にしてね」。ドアが地響きのように鳴り続けていた。

そこで気づく。

眼球の表面に、薄い膜が張っている。

中指の腹ですくい取った。

「今、めっちゃドキドキした」

黒色のカラーコンタクトだった。

その下から現れた瞳は、深い緑色だった。

僕はこの瞳を知っていた。

「……花時計さんですか？」

「おっせえよ雨乞いぃぃぃ！」

銅鑼のような声に鼓膜が痛んだ。

車の窓が、椿の叩きつけたコンクリートブロックで震えていた。

視界がにじんで、ぐるぐる回って、僕は床に手をついた。

花時計は、寺の殺し屋だ。僕より三歳年上だった。東欧の血が混じっているらしかった。すぐに山を下りてプロになった。それ以来、会っていなかった。

もちろん男性だった。

「おい〜さっきの気迫どこ行ったんよ〜あんだけギンギンにしとった癖によう！」

今、彼は完全に女性の体になっていた。ボディチェックでそれはわかった。また、身長も伸びていなかった。少女の肌にしか見えなかった。

こわかった。恐ろしかった。

「なんで、なんでここに……？」

花時計が爆笑した。「おま……泣く？　ここで？　笑かすなよ～おい！」

調律の合っていない弦楽器のような声だった。

「和尚に聞いてみりゃえんじゃね～!?」

手錠を鳴らして笑っていた。


車のロックを開けた瞬間、椿が摑みかかってきた。

「お前、何してた」

そのまま外に引き出された。力が入らず、よろけてしまう。ノミが地面に転がった。

げらげら笑う花時計を見て、椿は絶句した。

「ようおっさん！　バインミー食えんで残念だったな！」

「きみは……誰だ……」

「てめえの大好きな凜子ちゃんに決まっとるじゃろぼけ！　さんざんエロい目で見てきやがって。ぶっ殺すの我慢するのがま～じでしんどかったわ！」

僕は自分のスマートフォンを取り出した。手が震えていた。

鳩に電話をかけた。

「雨乞」

いきなり和尚が出た。優しい声だった。その声に胸が突き上げられた。

「和尚……和尚、和尚……これはいったい……」

「雨乞、雨乞。よしよし。何も心配はいらないよ」

「なぜ、なぜなんですか……？」

「だいじょうぶ。何も問題はないんだ」

「理由をお教え下さい。僕が……僕が猶予を乞うたからですか……？　真犯人を探したいと意見したから？　あの一回で、僕をお見限りになったんですか……？　使えなくなったと……？　ばかな……」

「雨乞。お前はほんとうによく働いてくれたな」

「どうか理由を。理由を教えてください」

「お前は完璧だ。なにより誇りに思っているよ」

「ならば、なぜです？」

「**誰よりも愛している**」

「すべて謝ります。二度と口ごたえもしません。ですから、どうか、どうか捨てないでください。僕を捨てないでください」

「今までありがとう。ゆっくり休め」

「捨てないでください」

電話は切れていた。

14

なぜ、なぜ、なぜ、なぜ、なぜ。

わからなかった。

何度かけ直しても、もう相手は出なかった。垂れたしずくを砂が吸い込むのを見ていた。

口の中がしょっぱかった。

なんの音もしなかった。

肩を揺さぶられて振り向いた。

おいおまえ……おい……だいじょうぶか……なにがあった……。

僕は言った。僕が悪い。あなたが正しかった。和尚は僕を始末する気だった。僕が逆らったから。邪魔になったんだ。僕が悪い。いらなくなった。殺される。また捨てられる。

空が驚くほどに青かった。

マリア像の奥で輝く、太陽を見つめていた。


「雨乞ぃ！　おい雨乞ぃ！　来いよ！　ひさしぶりに遊ぼうぜ！」

車から花時計の声が響いていた。

椿がそちらに近づいていって、ドアを閉めた。

僕は地べたに座っていた。椿の背中を見ながら、いま彼を殺したら、和尚は許してくれるだろうかと思った。肺が膿（うみ）でいっぱいになったような気がした。

椿に水とおにぎりを差し出された。水だけ受け取った。蓋を回せなかった。無力感が全身を苛（さいな）んでいた。

乳児院の向こうで海が光る。世界の最果てに来たみたいだった。

「カタギになれてよかった。とは思えないよな」

僕は何も言えなかった。

二十年におよぶ修行と仕事の日々が、シャッフルした紙芝居のように時系列を無視して浮かんでは消えていった。

「和尚は……僕を育ててくれた」

枯れ葉が揺れるような声しか出なかった。いつの間にか、ボスの名前を漏らしていたことに気づいた。禁忌を守ることがもうなんの意味も果たさなくなるのだと思うと、体の内側に爪を立てて引きむしられるようだった。やっぱり心なんてないほうがいいのだと思った。

「なあ、署に行く気はないか？」

椿が言った。僕が何も言わないと、彼は鼻をこすりながら続けた。

「お前の組織の情報をすべて話せ。ボスのことも含めてまるごとな。それで警察を動かして、ボスも含めて組織を根絶やしにする……刑務所の方が、お前も安全だろう」

「難しいと思います」。僕は言った。他人の声のようだった。「僕は和尚のことを、ほとんど何も知らない。本名も、年齢も知らない。そして警察の中にも、和尚の犬がいる」

「ばかな」

「間違いないです。警察しか知り得ない情報をたびたび握っていた。近県の警察組織にそれぞれ飼っているんでしょう」

椿はうなった。「たしかに腐ったやつは多いが……」

「犬からシグナルを受け取った和尚は、あっという間に身を隠すでしょう。そして数ヵ月か数年後に、あなたの後ろに影が立つ。僕は刑務所のなか、尖らせた日用品で腹をえぐられる」

「しかしそうは言っても……」

「和尚が仕事を途中やめにすることは絶対にない。とりわけ自分の安全に関わることには執拗だ」

もはや午後十時のタイムリミットの意味は消滅した。

しかし僕が電話したことで、僕が花時計を倒したことを、和尚は知った。じきに、次の殺し屋がやってくる。そして、僕と椿依代を狙ってくる。

そうだ、と思った。

このままでは、彼が死ぬことにかわりはない。

まだ仕事は終わっていないのだ。

落ち着け。心を殺せ。

反射的に胸がしめつけられる。その言葉を与えてくれた和尚に、捨てられたのだ。その事実がどうしようもなく全身から力を奪う。胸の内側をからっぽにさせる。

それでも今は考えろ。頭を回せ。やるべきことはある。まだまだある。苦しむのはあとでいい。

無理やり指を動かして、ペットボトルの蓋を開けた。


考えてみれば、おかしな点がある。

花時計は、一週間前からゲストハウスで働いていたのだ。

これはどういうことか?

花時計はこの島で、たまたま別の仕事に勤しんでいたんだろうか？　それで昨日の夜、和尚が僕を見限った際に、ちょうど近くにいるからという理由で花時計に僕の暗殺を命じたのだろうか？　それとも和尚は、ずっと前から僕を問題視していたのだろうか？　それで花時計を島に配置し、待ち伏せさせていたのだろうか？

いや、ちがう。

僕は車に近づき、ドアを開けた。

「泣き顔かわい」と少女の声で笑う花時計に尋ねた。

「そもそも今回の藪池清殺しは、花時計さんに与えられた任務だったんですね？」

花時計がにやっと笑った。そして男の声で言った。

「正解。先生のために一週間前から、バインミーに筋弛緩剤染み込ませて待っとったんじゃけどよお！」

背後の椿がうめいた。

「あのメゾン・ドの名刺も、その下調べのなかで発見したんですね」

「探偵じゃん雨乞～好っきやで～」

正解なのだ。では、なぜ和尚は、花時計の仕事を僕に回したのか？

ふたたびひらめく。一瞬味わった、ほのかな違和感が言語化される。

「さっき、先生と呼びましたね？　僕、あなたの前では彼を先生とも椿さんとも呼んだことはありません」

「おお、まじ探偵」

「あなたは、彼が覆面作家と知っている。彼を狙って下調べするなかで、彼が椿依代という小説家だと気づいている。おそらくは……居住スペースに盗聴器をしかけている」

「なっ……」と椿が漏らし、「ふふっ」と花時計が笑った。

「それで、和尚に報告した。標的が椿依代という作家であると」

「それで？」

「和尚はそれで……それで、僕に彼を殺させることに決めた」

花時計が笑いを爆発させた。こらえられなくなった、という感じだった。ひいひい喉を鳴らしながら、こう尋ねてきた。

「なんで和尚はそんなひどいことするんだあ？」

僕は、自分の声が震えていることに気づいていたが、続けた。

「……大切にしているものを殺させることで、相手の心を殺そうとするからです」

また笑いがとどろく。

つまり和尚は、僕が椿依代という小説家を敬愛していることを知っていたのだ。

だから、殺させようとした。

僕の心を、あらためて完全に殺し直そうとした。

そして僕はそれをこなせなかった。

「ま、和尚の好みのやり口だよな」。花時計がうっとりとつぶやく。「雨乞……かわいそうな雨乞くん……」

「いい加減にしろ」

椿が僕を押しのけて言った。花時計が口笛を吹く。

「なーんかあんたら、ただのファンと作家って空気じゃねえよなあ？　なんなの？　そんなに相性がいいわけ？　お互いのその……**粘膜が？**」

お前……と椿が呟いて、車の床に足をかけた。

「近づかないでください」と僕は止めた。「挑発して組み付かせる。全身拘束された人間に唯一残された交渉術です」

椿が隣にいたが、問わずにはいられなかった。

「……僕があのとき、この仕事をためらわずにこなせていたら、和尚は僕を切り捨てることはなかったんでしょうか」

また花時計が吹き出した。

「は～あ。ほんま笑わせてくれるな雨乞くんは。たしかに和尚は、自分以外に愛と畏怖(いふ)が向くのが大嫌いだけどよ～？」

頭のあちこちが、和尚に許しを乞え、その方法を探せ、実行しろ、と叫んでいた。もしかしたら、これがいわゆる、「後悔」という感情なのかもしれなかった。

「わからん」。突然、椿が口を挟んだ。「そんな些細(ささい)な事で、お前らのボスは首切りするのか？　はっきり言って、お前らみたいなやつらを育てるにはそれなりの時間とコストがかかるだろう。そんなことしていたら、大赤字じゃないか？」

たしかに、彼の発言は、もっともだった。

椿の言うとおり、殺し屋を育てるには手間がかかる。僕が寺で修行を受けていたとき、僕より年上は六人いた。しかし僕より先に山を下りたのは、煮こごりと花時計だけだった。あとはどうなったか知らない。

「厳しい研磨に耐えて眩しい宝石になった。お前は私の宝だよ」

和尚の優しい声が胸を刺す。

僕に愛するものができたこと。それが和尚の不安や猜疑心を煽ったのかもしれない。だから愛するものを殺害させることで、あらためてがっちりと僕の心を締めなおそうとしたのかもしれない。そこで僕はためらってしまった。

しかし、たしかに、それだけで僕の処分を決定するのは、早急すぎる気もした。

思い出すエピソードがあった。

「花時計さん、ユスラウメさんの話を知っていますか?」

「ああ、和尚に内緒で密入国者のガキをかくまってたバカね。ガキの親が乗ってた方のコンテナは、ワイヤーちぎれて海の底に沈んだんだっけ。ユスラウメはガキを見殺しにできなかったんだよな。バカだから」

僕が和尚からその話を聞いたのは、プロになる前だ。

結果的に、ユスラウメは、自分の手でその子どもを殺させられたという。それが和尚がユスラウメに科したペナルティだった。「どうして私たちのほかに家族が必要だろう?」。和尚はそう話をしめくくった。

しかし、そのときユスラウメは破門にはならなかった。命を奪われることはなかった。彼はその後、じゅうぶんに働いて、任務中に天寿をまっとうしたと聞く。

花時計がにやっと笑った。

「お前、自分の罰が重すぎるって不服なのか？」

なにかがおかしい気がする。

なにか、ほかに理由があるのではないか。

そうでなくては、こんなに簡単に切り捨てられるのはおかしい。そう思ったし、そう信じたかった。

「花時計さん。知ってるんじゃないですか？」

「ん～？　なにが？」

「僕の破門には、なにか**裏**があるのでは？」

「お前～。ママだけじゃなくて和尚にまでゴミ箱ぶちこまれてショックなのはわかるけどよ～」

「お前な！」。椿が怒鳴った。

花時計は少女の声で楽しそうに悲鳴を上げた。「まあ超優等生の雨乞くんがクビになるのは不思議よね～」。直後に男の声で言った。

「逆に聞いてもいいか？」

「なんでしょうか」

「お前が殺させられた、大切なものってなんだ？　山を下りる時によ」

「なんでそんなことを？」

「知りたいことがあるんだよ」

「なあ」と椿が呼んだ。車から離れたところにいた。

「失礼します」と花時計に声をかけ、車のドアを閉めた。椿のもとへ行った。

　椿が小声で言った。

「あの子は……ずいぶんすれてるな。お前と同じように育ったんだろう？」

たしかに花時計には、和尚を軽視・客観視するような発言が目立っていた。

　僕は修行を受けていたころの花時計を思い出す。和尚は女性を信用していない。訓練を受けるのは少年だけだった。花時計は、少女のように美しい顔立ちをしていた。彼は、ときどき僕たちとは別の訓練を受けているようだった。夜中に庫裏を抜け出して、本堂に向かう姿を何度か見たことがある。

　明け方、枯れたイチョウの木の裏で吐いていたこともあった。便所の窓越しに目があった。彼は胃液を拭(ぬぐ)いながら、「俺は特別なんだよ。お前らにはできない殺し方ができる」と言った。

　僕は椿に首を振った。「同じように育ちました」

「そうか……本題はこっちだ。お前のスマートフォンを見せてくれ」

　僕はそうした。椿が言った。「ＧＰＳが入ってるんじゃないのか？」

「それは……ありえますね」

　というか、間違いないように思えた。殺し屋に支給する端末には、ＧＰＳを仕込んでおく。それこそＰフォンのように。そのほうが管理しやすいし、今回のような展開になったときに便利だ。だからこそ花時計も、サウナ小屋にいた我々の正確な位置がわかったのだ。

　危険だった。

「どこかで処分します。次の殺し屋に手招きしてるようなものだ。うまくやれば陽動に使えるかもしれませんが……」

「そうか」

「次に来る殺し屋は、花時計を救出しようと動くはずです。二対一になってしまえば勝ち目はありません。また、殺し屋が煮こごりだった場合、一対一でも僕には勝てない」

「そんなに恐ろしいやつなのか？」

「彼はエイ革の手袋を両手にはめている。そして相手の関節を外し、そこからねじってちぎり取るのを得意としています」

「手羽先食ってるんじゃないんだから……」

「僕が見た時、彼はロシア人を解体していた。相手は裏カジノのバウンサーで、レスリングの元準世界チャンピオンでした」

防犯カメラを通して見た煮こごりは、中肉中背だった。まるでそこらの大学生みたいだった。ちがっていたのは、春の暖かい夜だというのに、彼が鼻の上までマフラーを巻き上げていたこと。そして袖まくりしたシャツから覗く両腕が、びっしりと巨大なヒルやらミミズの化け物に覆われていたということだ。異形（いぎょう）だった。指のように太い血管たちが、肌のおもてに無数に浮き立ち、蠢（うごめ）きながら脈打っていたのだ。

煮こごりはその腕で、ロシア人の首を三百六十度回した。黒目がちな目で、防犯カメラのレンズを見つめながら。

「この場所からも移動した方がいい。アンドリウの探索に集中しましょう」

椿が眉（まゆ）をかきながら言った。「なあ、もういいんじゃないか。犯人探しは」

僕は彼を見た。

「和尚は仕事を途中やめにはしません。殺し屋のように宣伝できない仕事は、顧客の信頼がすべてなんだ。遅かれ早かれ、あなたはきっちりと拷問されて終わる。だから真犯人を見つけて、きっちりオーダー通りの拷問を与えて、殺害しておく必要がある。そうやって依頼人を満足させて、この仕事に決着をつけておく必要がある。じゃないとあなたはいつまでも狙われる」

「俺はお前やあの子……花時計の顔を見た。言葉も交わした。冤罪が晴れたところで、口封じに殺されるんじゃないか？」

「その可能性は低くない。それでも百パーセントではない。なにか方法を考えます。真犯人を殺しておかない限り、あなたが殺される可能性は百パーセントだ。また、真犯人はあなたを憎んでいる。ここで捕らえておかないと、あなたは彼にもまた狙われる可能性が高い」

「今ここで、お前が俺やこの車を置いて逃げるなら……俺はきょういっぱいはお前のことを上に報告しない」

僕はスマートフォンを地面に叩きつけた。

「ふざけるな！　そんなマネはしない！」

土にめりこんだスマートフォンを見つめながら、椿は言った。

「じゃあ真犯人を見つけて、俺は安全になったとする。ありがたい。で、お前はどうなるんだ」

「僕は寺から狙われます。永遠に。それはもう、仕方がないことです」

「仕方ないで済む話なのか」

「僕ひとりならどうにでもなりますから。逃げ続けるだけです」

どこへ？

僕は自分の言葉を疑う。

どこへ行き、どう暮らす？

ひとりで生きてゆくとして、具体的にはなにをすればいいんだろう？

誰が指示を与えてくれるんだろうか？

15

「待て待て……さすがにこれはおじいちゃんすぎるだろ……」

椿が呆れた声で言った。僕がえみ～るマートで買った服を、差し込む光にかざしていた。

薄いミントブルーに、薄いベージュの細かい横縞が入った長袖のポロシャツだった。泥だらけのパジャマをいつまでも着させておくのが忍びなくて、買っておいたのだ。

「あとはちりめん素材のブラウスしかありませんでした」

「それはおばあちゃんすぎるな……」

僕たちは、東の集落と北の集落のあいだに位置する、閉鎖された板金工場にいた。

ぼろぼろ崩れるシャッターをむりやり上げて、車を中に入れた。どこもかしこも錆だらけ。空気の中にもこまかい茶色の粒子が溶け込んでいるようだった。スレート板の壁には大穴が開いている。それでもひとまず人目は避けられた。

スマートフォンは、道中砕いて海に捨てた。

花時計を車内に残し、僕たちは車を降りていた。

「あとは僕の着替えしかありませんが……嫌ではありませんか？」

仕事をするときは着替えを余分に持っていく。汚れる可能性が高い。また見た目の印象を変えたくなる局面がある。

袖を通していない服を見せた。白い半袖のシャツと紺のパンツだった。

「まともじゃないか……」と椿がつぶやく。彼の方が筋肉質だが、背丈は近いので着られるだろう。服装に関しては、和尚の教えを守り続けていた。『シンプルに。清潔なものを。柄と汚れは記憶に打ち込まれる楔になる』

椿は工場の隅で着替えた。あわせて服と一緒に買った、マスクとメッシュキャップを渡した。

それから椿は、自分のスマートフォンで本署に連絡を入れた。体調不良であるということ。地域巡回は控えさせてもらいたいということ。駐在所でデスクワークを重点的に行うということ。

椿が僕にスマートフォンを渡しながら言う。「お前に協力したわけじゃない。俺もこの段階で本署のやつらにかき回されたくないんだ」。ふと、彼が警察組織に抱く不信感の根深さを思った。「ただし、俺がいないことはどうせじきに発覚するぞ。ふたたび、島中が捜査員だらけになる」

だから今のうちに動いておく。

島のガイドマップを広げて話す。二股アンドリウの潜伏場所について。

椿に質問する。宿以外に、身を隠せそうな施設はないのか？

「三ヵ所ほど、住み込みで働ける職場に心当たりがある。だが、新人を雇ったなんて話は聞いてないな。島には医療機関も診療所しかないから、入院もできないし」

アンドリウがすでに島で賃貸契約を結んでいることはありえるか？

「新しい移住者は島の星だ。あっという間に島中の人間が知ることになる。たとえばさっきの診療所の先生が引っ越してきたときなんか、大変な騒ぎになったんだぞ」

というと？

「この島は数年間、無医師の島だった。神浦の診療所の院長が、歳（とし）で引退してな。でも半年前、東京から若い先生が赴任してきたんだ。富留屋芳一（ふるやほういち）先生」。きのう駐在所で見た、往診車を運転していた人物だろうか。「先生は院長が住んでた家を借りることになった。引っ越しから三日後には、彼の好物はめかぶで、苦手なものはもずくってことまで島中に知られてたよ。ファンのおばあちゃんたちがプレゼントするめかぶで、冷蔵庫はいつもいっぱいだろう。まあこれは特殊な例だが、いずれにしても移住者がプライバシーを守るのはこの島では難しい」

では、山に潜むことは可能か？

「可能だ。テントを持ち込んでな。潜むとすると、島の中央部か西側だろう」。椿が指で地図をなぞる。「しかしそこから先を絞り込むのは……人海戦術に頼れたらいいんだが」

その後もあれこれ話したが、キリッとした捜索の方針は立たなかった。倉庫は風が抜けず暑かった。椿はお茶のペットボトルの封を切ると、「あの子にも水分補給させてやってくれ」と言った。

「え～めっちゃ優しいね。ありがとう～」

猿轡を外すと、花時計はにこっと笑って飲み口に吸い付いてきた。

あらためて、彼は十代後半の少女にしか見えなかった。整形手術を繰り返しているのだろう。

「花時計さん。ヘビの焼印には、なんの意味があったんですか?」

刺青を隠すだけなら、肌色のメイクで塗りつぶせばよかったはずだ。

「ごちそうさま。雨乞は刺青どこに入れられたの?」

「鎖骨の間です」

「キモ」と少女の声で笑ってから、言った。「教えてやろうか。破門の**理由**」

胸がどくんと鳴った。

「……やっぱり知ってるんですか?」

アンドリウ探しにむりやり集中させていた意識が、一気に引き戻される。めまいがするようだった。

「教えろよ。山を下りるとき、お前は**何**を殺した?」

「……なぜそれを知りたいんですか?」

「お前の心を知りたいんだよ」

うめきそうになった。また心だ。

不穏な気配を悟ったのか、椿がすぐ背後に近づいてきていた。

「わたしが卒業試験で殺したのは、わたしの兄弟子だよ」

少女の声に切り替わっていた。薄暗い車内、彼の瞳に行灯(あんどん)の火が灯(とも)った。

「何をして……」と椿が口を挟むのを制した。

「覚えてるかな? 蟬しぐれさんのこと」

「もちろん」とうなずいた。殺し屋だ。僕たちよりずっと先輩の。剃刀のような体格をしていた。プロとしての仕事もこなしつつ、ときどき寺に来て、子供たちの教育係を務めることがあった。刃物の扱いがしびれるほどうまかった。僕も何度か彼から近接戦闘を教わった。そして、彼はのちに破門された。殺しの仕事をやめたいと駄々をこねたからと和尚に聞いていた。

「すっごい無口な人だったよね。でもわたしはよくしてもらってたんだよ。ほら、わたしはひとりだけ、特別な殺し方を学んでたでしょ？　わたしの美しさはさ、貴重な資源だから」。両目に油が浮いたように、ぬらぬらきらめいていた。禍々しい迫力があった。「でも最初のころはそれが慣れなくて、泣いちゃったり吐いちゃったりしてたんだ。そしたらあの人が、そばに来てボソって言ったんだよね。『ぜんぶチャップリンの夢だ』」

チャップリン？　奇妙な語感の言葉だった。

「『すべては夢だ。冗談だ。傷つく必要はないんだ』って。何言っているのか今ひとつわからなかったけど、励まそうとしてくれてるってことはわかった」

僕はうなずいた。

「それでじきに、何をやってもほとんど苦しさを感じなくなった。わたしの髪の毛はどんどん伸びて、腰に届きそうなほどになった。で、ある夜、和尚に連れられて山を下りた。小学校の隣にある一軒家に入ると、そこに蟬しぐれさんが寝てた。蟬しぐれさんは裸のわたしを見て驚いてた。目がまんまるになってた。そんな姿初めて見たし、わたしは猫みたいでちょっと可愛いって思ったんだ」

熱に浮かされたようだった。なぜ話す？　なぜ聞く？

「蟬しぐれさんはうろたえながら、枕の下からナイフを取り出した。わたしは注射器を持っていた。それで和尚が求めたことをやった。わたしが何度めかに注射器を突き出したとき、蟬しぐれさんはナイフを降ろしてたんだよね。それで、目が濡れてた」

ふふっと花時計は笑った。

「死体を見ながら和尚が教えてくれたよ。蟬しぐれさんは、わたしの待遇の改善を和尚に求めてたらしいんだよね。あと、新人の育成も、もはや不要なのではって意見してたんだよ。かわりに自分が働くからって。そしてもしも受け入れてもらえないのならば……って真剣に交渉してたらしいんだ。それを聞いて、わたしは完全にわたしをやめた。翌朝、タイに飛んで性転換手術を受けたよ。で、プロになった」

和尚から聞いた話とはずいぶん違った。

振り返ると、椿依代がシャツの胸を握りしめて顔を歪めていた。苦しそうだった。

花時計がケロッとした声で言う。

「終わり〜。じゃあ次は教えてくれる？　雨乞くんは、卒業試験で誰を殺した？」

「やめろ……もうやめとけ」。椿が言った。

「教えて〜。教えてくれたら、破門の理由を教えてあげる」

「別にたいした話じゃないですよ」

16

ほんとうにたいした話ではないのだ。

そのとき、僕は十四歳だった。寺の庫裏の一室で、ほかの子どもたちにまじって眠っていた。目を開くと枕元に和尚がいた。

僕は、眠るときに身につける、ワンピースのように長くて襟のついていない綿のシャツを着ていた。下着はなし。その格好のまま、和尚と一緒に寺を出た。修行で山の中を駆けることはあった。しかしそのときやぶを漕いで進んだ先は、それまでに足を踏み入れたことのないエリアだった。林道に出た。小さな車庫があった。和尚が鍵を開けてシャッターを上げた。中には二人乗りの赤い軽自動車があった。

僕は自動車というものをそのとき初めて見た。エンジン音の獰猛さに首の筋肉がこわばった。和尚の運転で、山をくだった。車の中には聞いたこともない呪文と笛の音が流れていた。あとでそれが、ラジオから流れるジャズという音楽の一ジャンルであることを知った。

初めて見る町の景色にめまいがした。寺では夜は闇一色だ。しかし町は夜でも虹色に輝いていて動悸がした。「あまり見つめるな。視力が落ちる」。あわてて僕は、毒々しく光る巨大な箱から目を逸らした。のちに、その箱がコカ・コーラの自動販売機と呼ばれるものであることを知った。

ずいぶん走った。夜が明けて昼になってまた日が沈むくらいの時間が経ったと思った。それでも外はまだまだ夜だった。町並みはわっとにぎやかになったあとで、少しずつ色と明かりを失っていき、やがて海の底を走っているようになった。

車が停まった。

そこには天まで届くような骨の塔がそびえていた。空気が振動しているのを感じた。塔の半分は赤い血に染まっていた。今ならわかる。ＮＨＫの電波塔だった。

塔の下には、かまどに火を入れるときに使うマッチ箱のような借家が縮こまって並んでいた。僕は車の外で、和尚に渡された耐水ペーパーとペットボトルの水を使って指紋を落とした。

それから和尚は借家と借家のあいだを抜けて、いちばん奥へと僕を案内した。

その家の前で、和尚は僕の肩を叩いて言った。「さあ、見せてごらん」

僕は家の周りを回った。トイレの窓の鍵が開いていた。音を殺して忍び込む。するとごく小さな男女の声が聞こえてきた。起きているのか？　トイレのドアを開ける。ごくごく短い廊下。その先にすりガラスの引き戸があって、ほのかな光が明滅していた。あとでわかる。その音と光を発するものは、テレビと呼ばれるものだった。

居間の蛍光灯は消えていた。初めて嗅ぐ酒の匂いがうっすらと漂っていた。足元はごみだらけだった。居間の隅に、一人がけの古びたソファがあった。そこに女がいた。膝を抱えてソファに座り、眠っているようだった。すりきれたタオルケットを体に巻きつけていた。

女の前には折りたたみ式のローテーブルがあった。テーブルの上には空き缶と、飲みかけの錠剤、薬局の紙袋があった。紙袋には「鏡梗子（かがみきょうこ）様」と書かれていた。紙袋の横に、ひどく汚れた、赤ん坊用のソックスがあった。つきっぱなしのテレビが、それらを照らしていた。

女は病的に痩せていた。骨に和紙を張ったようだった。髪の毛が使い古した絵筆のようにぼさぼさだった。

それで僕は、仕事をした。それが初めての仕事だった。

いつの間にか和尚が後ろに立っていて、僕の頭を撫でた。「お前はわたしの誇りだよ」と言った。

運転しながら、和尚が言った。「あれがお前を捨てた母親だよ」

僕は、ふうんと思った。たいしたことではない、と頭のなかで言葉にした。

するとその瞬間、窓の外の景色の彩度が、がくんと下がってもう元に戻らなくなった。

そしてマンションの前で降ろされた。僕はプロになった。


うんうん、と花時計が満足そうにうなずいていた。

初めて他人に話した。僕は自分が汗をかいていないことに安心した。声が震えることも、早口になることもなかった。そう。たいしたことではないのだ。

背後で大きな音がした。

見ると、椿が工場の壁に手をついていた。

駆け寄る。彼はその場に吐いていた。顔が汗でびしょ濡れだった。

「椿さん」

「お前のボスは……メゾン・ドのやつらとおんなじだよ。子どもを搾取して喜んでる悪魔だ」

「一緒にしないでください」

「一緒だよ。極端な孤立化と情報制限。唐突な暴力と偽物の愛情の反復で、脳みそをぐらぐらにする。そして最後は罪悪感で縛り上げる。カルトやＤＶ野郎や少年兵を育てるクソども。子どもを支配するやつらがいつだって使うやり口だ」

「ほんとうにたいしたことではないんです」

なにせ心は死んでるんだから。

椿が僕を見た。髪の毛から覗く目が濡れていた。

まるで自分が傷ついているようだった。

「ゆるせんよ」

「やめてください」

そんなリアクションされたら、たいしたことであるかのような気がしてきてしまう。

椿は、ぎゅっと目を閉じた。

「決めた。俺は絶対にお前のボスを逮捕してやる」

「そんな……」

「許すわけにはいかないんだよ。そんなクソどもを。俺の娘は妊娠してる。不妊治療重ねてやっと授かったんだ。その子が生まれてくる世界に、クソどもをのさばらせてはおけないんだよ。それにチカだって絶対に……」

椿が我に返ったように黙った。

「チカ?」

誰だろう? 彼の娘の名前はほのかだったはずだ。

椿は手のひらを振った。胃液で濡れた口元を拭った。

「悪党を捕まえよう。まずは久津輪汐を殺した変質者を。それからお前らを苦しめたその和尚とやらを」

椿は花時計のところに行ってこう宣言した。

「俺はきみに殺しを強いていた、きみのボスを許さない。必ず力になる。このごたごたが終わったら、どうか詳しく話を聞かせてほしい」

花時計は爆笑した。少女の声で言った。

「やだ椿さんかっこよすぎ。わたしのこと助けてくれるの？」

「絶対に。どうか忘れないでくれ」

「まず手錠外してもらえます？」

「いけません」と僕は言った。

「雨乞〜」と花時計が男の声で言う。「いい男見つけたなあ〜、えぇ？」

「それより教えてもらえますか？」

「殺した相手が母親ってわかったとき、どう思った？」

「きみ……」と漏らした椿に、僕は首を振って問題ないと伝えた。

「特になにも」。そもそも僕を捨てた相手だ。

「かっこつけんな。もう少し詳しく教えて」

相変わらず彼の狙いがわからなかったが、僕は答えた。

「ほんとうです」。一瞬迷ってから、続けて言う。「ただ関連性はわかりませんが、あの日以来、痛覚が極端に鈍くなりました」

「へえ！」と花時計が叫んだ。「面白いね〜」

「花時計さん、破門の理由を」

「小説のおもろさってなに？」

息が詰まった。

「なぜそんなことを？」

「いや興味あるんだよ、読んだこともねーし」。へらへらした口調だったが、花時計の目は笑っていなかった。「なにがおもろいわけ？」

仕方なく、僕は口を開いた。

「小説は絵空事です。現実になんの影響も与えない。よく燃えるから処分もたやすい。これ以上ない安全な趣味で……」

途中で喋れなくなった。椿の前で、続けたくなかった。

僕は言った。

「すみません。今のはぜんぶ嘘です。実は真剣に考え直そうとしています。だから自分の言葉にでき次第、もう一度伝えさせてください」。頭を下げた。

一拍置いて、花時計は爆笑した。

「いやーいいよ雨乞！　いい！　伸びるわ～。かわいすぎやろ」

なぜか椿の方を振り返れなかった。たぶん恥ずかしいのだった。

ひいひい笑いながら花時計が言った。

「母親を殺した人間が、喜びなんか持っていいわけ？　なにかを愛していいわけ？」

「おい……」と椿が身を乗り出すのを止めた。彼の言うことはまったく誤っていない。

「花時計さん」

「**港で見た**」

なに？

花時計は、首を傾けた。髪の隙間から耳が覗く。

「お前ら、ハイブラ着た熊みたいな男探しとんじゃね？」

……聞かれていたのか？　やはり油断してはいけない。花時計は言う。

「きのうの夜九時ごろ、北の集落の港で見た」

「神浦港か？」と椿。「間違いないか？」

「そいつ、きのうの朝にもうちで弁当買っていったから。ベトナム風弁当をみっつ。バレンシアガの黒パーカー着てた」

「花時計さん、破門の理由というのは」

「あれ、そんな約束だったっけ？」

花時計がウインクした。

やはり、狙いがつかめない。教えてくれるのは、破門にまつわる情報ではないらしい。残念だ。しかし情報は情報である。なぜ教えてくれる？　僕が殺した相手を明かしたから？　それになんの価値がある？

彼の言葉。真か偽か、また罠かどうか。狙いも含めて、正しく見極めろ。

「花時計さんは港で何を？」

「決まっとるじゃろ。お前がおまわりさん誘拐するの、監視しとったんじゃ」

見られていたのか。まったく気配がなかった。花時計が続けた。

「駐在所が見える二階建ての屋根の上にスタンバってたら、港の方に向かう熊が見えた。野暮ったいワンピ着た女の腕をつかんで、早足で歩いとったよ」

女？

「女性の様子はどうだった？」。椿の声は張り詰めていた。「仲が良さそうだったか？　それともいやいやそうにしていたのか？」

「ん〜だいぶ酔ってはいるけど抵抗する元気はある女を、ラブホに引きずり込むときみたいな？」

緊張が走る。第二の被害者が生まれつつあるのか？

花時計が続けて言った。

「熊が港の駐車場に入ったところで、建物の陰になって見えなくなった。しばらく見てたけど、熊が再び姿を見せることはなかったね」

港。なにかがひらめく予感がしていた。

「なあ雨乞。あのケガ人作戦は悪くないね」

拉致の際、ケガ人を演じる方法は、和尚に教えてもらったものだ。『かつて、台湾人のカメラマンをさらうときに使った方法だよ。彼は写してはいけないものを写したらしくてな』

花時計が続けて言う。

「でもなんで自分の血使うかね？　リスクあるじゃろいろいろと。血糊(ちのり)か小動物の血がベターじゃない？」

無視して、ひらめきを口にした。

「クルーザー」

「なるほど」と椿が言った。「神浦港には、クルーザーを停泊できるビジターバースがある。瀬戸内海の島々をクルージングで楽しむ富裕層のために、高松市が金を出して作ったんだ」

　二股アンドリウは、クルーザーを根城にしている可能性がある。

「叩きましょう。動けるうちに」


　僕が運転する横で、椿が電話をかけている。

　相手はビジターバースを管理する、高松市役所の河港課である。

「枕野署の地域課に所属する藪池と申します……実は湯島の神浦港にクルーザーが何日も泊まったままだという情報が島民から寄せられまして……停泊の手続きがなされている船舶の情報をお教え願えないでしょうか……ええ、はい……」

　椿が書きものをするジェスチャーをしたので、ペンと茶封筒を渡した。ペンは彼のパジャマの胸ポケットに入っていたボールペンである。

「ちなみにそこに、吉原信弘（のぶひろ）という名義の船はありませんか？　もしかしたら、二股アンドリウという名前かもしれない。……はい……ああ、吉原でありますか。ヨット？」

　礼を言って、椿が電話を切った。

「クルーザーじゃなくてヨットだとよ。七十フィートの。動画制作以外にも、色々悪さして稼いでんだろうな」

「ねえ先生」と花時計。「ほんとうにこいつの仲間になったの？　警察はやめちゃうの？」

　椿が後ろを向いて言う。

「仲間じゃないしやめる気もない」

「てかそもそも警官って副業ありなの？」

「原則は禁止だ。でも認められている活動もあるよ。執筆活動もそのうちのひとつだ。日本には表現の自由が一応はあるから」

「厄介もの扱いされてるでしょ？」

「もちろん。俺が執筆活動していることは上のタヌキ連中しか知らないんだが、腫れ物扱いここに極まれりという感じだ。反対に、きみたちの組織は何人くらいいるんだ？」

「わたしも全体像はわかんないよ〜。でもみーんな美人。うちは顔採用だから〜。ね、うちの和尚のこと、ほんとにあげられると思ってる？」

「もちろん。ただの卑小な犯罪者だ」

「へぇ〜」と言っていきなり花時計が噴き出した。「なあ雨乞、覚えとる？　和尚が魔法使いってやつ」

「……『三千世界（さんぜんせかい）』さんの話ですか？」

「そうそう〜！」

　怪訝そうにする椿を尻目に、花時計はげらげら笑い続ける。

　三千世界とは、寺で育てられていた殺し屋見習いのひとりである。体格には恵まれていたが、物覚えがあまりよくないようで、体術を身につけるのに苦労していた。

　ある日彼が、目を輝かせて話したのだ。

『和尚は魔法を使える』

　彼はとある用事を言いつけられたらしい。和尚は遅刻を嫌う。だから三千世界は、約束の時間のずいぶん前に本堂を訪ねた。チャイム。返事がない。彼は恐る恐るドアのハンドルを回した。ドアは開いた。中は無人だった。ドアを閉めて、本堂の前で待った。約束の時間ぴったりに、中からドアが開いた。仰天する彼に、和尚が笑った。「なんだ、いたのか」

和尚にはその手の不思議なエピソードが多い。彼の唾液で骨折が治ったとか、彼の耳の奥から若い女性のささやき声がするとか。見習いたちは、程度の差こそあれ、和尚を畏怖し、神格化していたのだ。

見習いの間で雑談を交わすことは少なかった。仲良くなればなるほど、のちに手合わせするときに苦しくなることを知っていたからだ。それでも三千世界は、どうしてもその出来事を共有したかったのだ。彼は僕より年上だった。しかし僕のほうが先に山を下りた。彼が無事に山を下りたかどうかはわからない。

「魔法使いを逮捕、できるのかな〜」と花時計は笑った。

神浦港に到着する。ビジターバースは、フェリー乗り場の東だ。駐車場を横切って、そちらに向かった。

ヨットがあった。HUNTER社の白黒ツートン。こぢんまりした桟橋からはみだしている。近くに泊められたクルーザーが、小さく見えた。

「停泊許可は、二日前から一週間分取られてる。こんなもんが連日泊まってたら、俺も気づいたはずだがな」

僕がきのう見たときもなかった。「ここに泊めっぱなしにしているわけではないのかもしれません。近くを回遊したり、別の島にも泊めたりしているのかも」

駐車場のいちばん隅に車を停めた。

「お、気合入った顔してるね」と言う花時計に、猿轡をはめ直す。そして工具箱からシリコン粘土製の耳栓を取り出し、彼の耳に詰めた。

ふたたび隠し収納に彼を閉じ込めた。

「暑いだろうに」と椿は言った。

「彼にはいくら用心しても足りません」

僕は、ＭａｃＢｏｏｋのキーボードを打った。画面を見せて、以後の計画を椿に伝えた。

『アンドリウを確保したら、彼が本当に久津輪汐を殺した犯人なのか、そしてあなたをハメた犯人なのかを聞き出します。クロだと確定したら、和尚に連絡を取る。と同時に、依頼者である久津輪鳳太郎にも連絡を取る。連絡先は真犯人が知っているはずだ。この段階ではフェリーに乗って島を離れていた方が安全かもしれない』

椿は黙ってテキストを読んでいた。なにも口を挟んでこなかった。僕は続けた。

『そして、久津輪鳳太郎に伝える。「娘を殺した真犯人がわかった。藪池巡査部長は冤罪だった」。その場で真犯人に自白もさせる。その上で、和尚と久津輪に交渉を持ちかける。「真犯人を殺してやる。そのかわりに、この藪池巡査部長を見逃せ。口封じもするな。そうしない限り、僕はあなたたちの結びつきを表にバラす。あなたたちの血に染まった、長い結びつきを公表する」と。また、「受け入れないならこの真犯人を逃がす」と。お互いに牽制しあってもらって、あなたの安全を確保する』

自分で打ち込んだセリフに、胸がきしんだ。

こんなことを和尚に言わなくてはならない日が来るなんて。これまで重ねてきた日々のすべてが、まったく無意味で無価値な偽りだったと認めるようで虚しかった。

「終わりか？」と椿が言った。僕はうなずいて、ＰＣを渡した。

彼はタイピングがでたらめに速かった。

『いいだろう。アンドリウが真犯人か確かめるところまでは賛成だ。もちろん拷問はなしでな。その後は、別の方法を取る。誰も死なせない。アンドリウも死なせない。諸悪の根源である、その和尚だかなんだかいうお前らのボスと、久津輪鳳太郎を逮捕する。そのように動く』

「それは不可能なんです」。僕は椿の目を見据えて言った。和尚には逃げられ、あなたは殺される。

「それ以外は受け入れられない。お前はその爺さんに怯えすぎている」

「あなたは和尚を知らないんだ」


三分間、車内からヨットを監視した。動きはなかった。

午前九時十分。駐車場に、少しずつ車が増えていた。おそらくフェリーの時間が近づいているのだ。子連れの家族が軽自動車から降りて、待合所へ歩いて行くのが見えた。椿が勤める駐在所も、ここから目と鼻の先である。

絶対に騒ぎを起こさないようにする必要があった。

僕はドアを開けた。僕より先に椿が言った。

「だめだ。俺も行く」

「人が増えつつある。すべてを隠密に行わないとなりません。僕ひとりのほうが静かに動ける」

「任せられない」

「絶対に、殺さないと約束します」

「行かせられんよ」

「では六十秒ください」

「十五秒経ったら俺も行く」

僕はため息をついた。うなずいた。「しっかり顔を隠して」

車を降りた。道具は持たずに行く。桟橋へ。右の手前にクルーザーが、左の奥にヨットが泊まっている。大型のヨットだった。三十人くらいはゆうに乗れるだろう。

ニンニクの香りが鼻をつく。ヨットからだ。同時に、シンセサイザーの音も聞こえてきた。

足音を殺して、ヨットの後部デッキに飛び移った。

デッキには、船室に明かりを取り入れる小さな窓が並んでいる。ひとつの窓越しに、人間の後頭部が見えた。

操舵室に、船室へと続くドア。

ドアには鍵。ピッキングは時間の無駄だ。デッドボルトの位置に狙いを定めて、蹴りやぶった。

重たいビートとシンセサイザーの波。

すばやく短い階段を下る。

真正面から、液体が飛んできた。

右に飛んでかわす。ダイニングだ。テーブルの上を転がって、ソファに着地した。

液体が床で弾ける。油だった。

エプロンをつけた二股アンドリウが、鍋をふりかぶっていた。写真よりもずっと体重が増えているようだった。

飛んできた鍋をかわす。鍋の柄が壁に突き刺さる。アンドリウは船室の奥へと走っていった。ニンニクと溶けた樹脂の匂いが充満する。

あとを追う。

ダイニングの奥はキッチン。火が着いたままのガスコンロ。シンクの横に、肉や魚やチーズがてんこ盛りになっている。なぜかコンロの反対側にはキーボードが置かれていた。そのキーボードが、同じフレーズをループさせていた。

アンドリウは更に奥へと走った。キッチンの奥は寝室。ダブルベッドがひとつ。更に奥には扉がふたつ。

そのトイレだかバスルームだかの扉を開けようとした彼の後頭部に、レンガのようなチーズがぶちあたる。扉に顔面をぶつけた彼を床に引きずり倒す。彼のエプロンで両手を後ろ手に拘束する。

「もういい。離れろ」

寝室の入り口に椿。キャップと眼鏡とマスクを取り去りながら言った。

彼を見て、アンドリウが目を見開いた。いつの間にか音楽が止まっていた。

椿が手に持っていた大判の写真を掲げた。赤い屋根。煙突つきの一軒家。写真の下には建築図面があった。

「当時のメゾン・ドの事務所にそっくりだが、細部や背景が微妙にちがう。どこに新しく**建てたん**

だ？」

アンドリウを立たせて、キッチンへ連れて行く。彼はスマートフォンを身につけていなかった。

「どこにある？」「上海に忘れてきた」と言った。

スツールに座らせる。彼の体重を支えられるのか、不安になるほど華奢なスツールだった。

椿がコンロでタバコに火をつける。「禁煙」とアンドリウが言う。

煙を吐き出しながら、「女は？」と椿が尋ねた。

アンドリウは笑う。「回してほしいのか？　ＷｅＣｈａｔ教えろよ」。彼の声は、オペラ歌謡で低音域を務める歌手のもののようだった。

「探せ」と椿が僕に言った。仕方ない。狭い船内だ。椿に危険があればすぐに対応できる。僕は寝室に行った。

「あんた、駐在だろ？」とアンドリウの声。

「そのとおり。お前はいつから島にいる？」

「あーいい、いい。本題から入ってくれ。ガサでもなんでも入れてくれ。令状ないのは見逃してやる。そんで気が済んだらとっとと帰ってくれ。作曲の邪魔されるのがいちばん腹立つ」

僕はさっきアンドリウが手を伸ばしていたドアを開けた。洗面所だった。その先に、湯船のついたバスルームが覗いていた。

なぜここに飛び込もうとした？　バスルームの上部には小さなすりガラスの窓がある。はめ殺しだ。僕や椿なら通れるだろうが、アンドリウがあそこから脱出するのは不可能だった。

小さく汽笛が聞こえた。少しだけ船の揺れが強まっていた。フェリーが近づいているのだ。

「俺が誰かは知ってるよな？」

「だから駐在だろ？」

「それだけじゃないだろう」

アンドリウの噴き出す声。「ああ、知ってるよ。親父の淫売組織ぶっこわすきっかけ作ったクソ野郎だろ？」

「これはなんだ？」

椿が写真と図面をひらひらさせていた。

僕は寝室にあったもうひとつのドアを開けた。トイレ。誰もいない。

「思い出だよ」

「細部が違う。図面に記された日付も今年の頭だ。どこに建てた？」

「俺がフォトショとCADで作ったんだよ。ぜーんぶジョーク」

僕は寝室のクローゼットを開ける。大量の衣服と靴。念のため、衣服の隙間もあらためる。

「なんのためにそんなことを？」

「だから懐かしくて。俺にとってはあの事務所は遊び場みたいなもんだったから。かまってくれる美人の姉さんたちもたくさんいたし」

「なんで久津輪汐を殺した？」

「久津輪……」アンドリウが一瞬詰まる。「俺が殺した前提なのね？」

ベッドは跳ね上げ戸のように持ち上げることができた。ベッドの下には大型の燃料タンクがあった。

「久津輪汐とできてたのか？」

「タイプじゃねー」とアンドリウが上を向いて笑う。「悪いけど俺はカッペリーニよりも手足が細い女にしか興味ない。握りしめた分だけポキポキ折れてくれないと」

「じゃあワンピースの女はどうだ？」

「ん〜ワンピの女なんか死ぬほどいるからねえ。つーかこのハンサムボーイは誰なんだよ？」

僕はふたりのあいだを抜けて、ダイニングへ行った。

ダイニングにも収納があった。あらためてゆく。

「あいつ警官じゃねえだろ」とアンドリウ。

「作るのにどのくらいかかったんだ？」と椿。

「なにが？」

「動画だよ」

「なんだ？　なんか作ってほしいのか？」

もう一度汽笛が聞こえた。ヨットの揺れはさらに強まっていた。

僕は椿の方を見て、首を振った。女性はいない。椿は僕をちらりと見てから、アンドリウに言った。

「ちぐはぐなんだよ。お前さっき、俺の顔見て驚いてたよな？　でもお前、二日前に職質かけたときはそんな驚き方しなかった。『おまわりに声かけられてだりい〜』って本音を笑顔で取り繕ってただけだった」

なるほど。同時に驚く。椿によるアンドリウの声マネがうまかったからだ。彼は続けた。

「少なくとも二日前の段階では、お前は俺がメゾン・ドを解体した警察官って気づいてなかった」

「ま～おっさんの顔には興味もてんからねえ！」

「だけどさっき、お前は俺の顔を見て驚愕した。それは『こいつ、二日前に職質してきたおまわりじゃん！』という驚きではなかった。もっと特別な相手を見た驚きだった。つまり、この二日以内になにかがあった。そしてそのときはじめて、お前は俺をメゾン・ド解体の警察官と知ったんだ。なにがあった？」

アンドリウは言った。「お好きなように受け取ってくれよ」

僕はふたりのあいだを抜けて、ふたたび洗面所に戻った。

戸棚をチェックしてゆく。タオル。化粧水や美容液。ワセリン。妙なものはなし。

椿の声。「お前はたしかに闇社会の人間だよ。けどあいつらとは比べ物にならんほどやりやすい」

バスルームに目をやる。

窓の上を、なにかの影が横切った。

「まあ俺は愛想のよさがウリだからねえ～」

僕は息を止め、集中した。寝室の窓にはカーテンが降りている。しずかに椿たちのいる方向へ進む。

入り口の方で、階段の軋む音がした。椿がそちらを見た。いきなりアンドリウが叫んだ。

「**来るな来るな来るな！**」。様子が一変していた。必死な声だった。

僕は駆け出した。直後にアンドリウが立ち上がる。縛られたまま、通路を塞ぐように、しゃにむに僕に体当たりしてきた。

アンドリウは重かった。押し返すのは骨だった。

僕は力を抜いて足元にくずおれた。つんのめったアンドリウが声を漏らしながら、覆いかぶさるように倒れてくる。その胴体を押し上げつつ後方に流す。鯨の下に潜り込んだような気分だった。

アンドリウがベッドにダイブする。僕はすぐさま立ち上がった。

入り口の方へと走る。反応が遅れている椿の横をすり抜けながら、「彼を任せます」と言う。

階段を一気に飛び上がる。

ヨットのデッキは無人だった。桟橋にもいない。駐車場の車のあいだを、駆け抜けていく背中が見えた。

港にはフェリーが到着していた。乗客がわらわらと吐き出されていた。男はその人混(ひとご)みへと突っ込んでいった。

ためらった。しかしこのチャンスを逃すべきではない。

僕もそちらの方向へ走った。何事かという顔で、人々がこちらを見た。

大丈夫だ。じゅうぶんに捕まえられる。物陰(ものかげ)で拘束してやる――

ドン。

鼓膜を殴る重い音が、背後で響いた。

ドン、**ドン**。

振り返る。信じがたかった。

ヨットの船室から、よろよろと男が出てきていた。拘束を解かれたアンドリウだった。

アンドリウは、左手に持っていた赤い携行缶を海に放った。そして右手には拳銃を持っていた。

「なに？　なんの音だろね？」。のんびりした声が周囲で聞こえた。

椿は？　椿はどうなった？

逃走者が遠ざかってしまう。椿は**出てこない**。

船室の入り口から、黒い煙が立ちのぼりはじめた。

17

逃走者を見た。その後頭部がどんどん遠ざかっていく。

「くそ！」

叫んで、踵(きびす)を返(かえ)した。人混みを抜ける。

アンドリウがこちらを見た。そして銃口を向けてきた。

ドン。僕のすぐ左にあった軽自動車のリアガラスが砕け散った。

悲鳴。信じがたかった。信じがたかった。

ヨットまでの距離は三十メートルほど。一息に詰めようとしたとき、再び銃声。〇・二秒前まで僕がいた位置にあった、セダンのヘッドランプが砕けた。

アンドリウの射撃の腕はなかなかだった。直線で近づくことは難しい。ベッドの上できちんと気絶させなかったことを後悔した。

悲鳴はたちまち伝播(でんぱ)し、パニックを招いていた。やみくもに駆け出す者。その場にしゃがみ込む者。棒立ちに立ち尽くす者。人々の不安と恐怖が嫌な匂いを発していた。

僕は車の陰から陰へ、水切りで飛ぶ小石のように移動した。アンドリウは正確にこちらを狙ってきた。**銃声**。**銃声**。

ハイエースにたどり着いた。乗り込んでエンジンをかけた瞬間、ビシッビシッ。窓に**亀裂**(きれつ)。クモの巣状に走り、視界を遮った。

アクセルを踏み込み、ハイエースを前進させた。

亀裂が増える。そのまま桟橋に乗り入れる。桟橋の幅は車幅とほとんど変わらない。アンドリウの直前で急ブレーキをかける。

重い音がして、アンドリウが三メートルほど飛んだ。ドアを開けると下は海だ。車の屋根によじ登り、アンドリウのそばに飛び降りる。アンドリウは桟橋の突端に倒れていた。失神していた。握りしめていたTT－33を、海へと蹴り飛ばした。

ヨットに飛び移る。燃えるガソリンのにおいと熱。船室の入り口は爆発的に黒煙を吐き出していた。煙の向こうに炎がちらついていた。ここからは入れない。

バスルーム側に走った。窓を踵でぶちぬいた。

「椿さん!」

船室の中に叫んだが、返事は**なかった**。ぞっとした。

窓枠に残った破片を蹴り砕き、窓をくぐり抜けた。

ベッドの足元に、四つん這い(よつんば)いの椿がいた。シャツの脇腹に血がついていた。足が萎えそうになった。

彼が力なく手を振って言う。

「ケガ人は?」

「あなたの銃創(じゅうそう)は……」

肩を貸して立たせる。椿がシャツの裾をめくる。

「かすっただけだ。めまいのほうがひどい。それより外にケガ人は?」

かすめた銃弾が、脇腹を裂いている。出血はある。でも爆(は)ぜても穿(うが)たれてもいない。安堵の息がこみあげる。

「ケガ人はいません」。いないはずだった。

炎はダイニングからキッチンに広がりつつあった。ベッドの下の燃料タンクに燃え移れば終わりだ。

椿とバスルームへ進む。彼は眼鏡とマスクをなくしていた。

「あいつ、脱衣所のゴミ箱の中にトカレフ隠してやがった」

悔(く)やんだ。僕のミスだった。

タオルを二枚取った。一枚を椿に渡しながら言った。「顔を隠してください」。自分の鼻と口を覆った。何も言わず、椿も顔に巻きつけた。

僕が先に窓から出た。桟橋に伸びたままのアンドリウが見えた。椿に両手を伸ばしてもらう。つかんで、引っ張り上げる。自分の奥歯が軋む音。「すまない」と椿が言った。

最初の銃声からちょうど六十秒が経っていた。急げ。

ハイエースを桟橋の入り口までバックさせる。椿たちが乗れるよう、九十度方向転換。少しでも栈橋の目隠しになるように停める。

そこで気づいた。駐車場の一角に、小さな**人だかり**ができている。

人だかりの手前に、**少年**が倒れている。

小さな**血だまり**。

嫌な予感がして、栈橋を見る。椿がこちらに駆けてきていた。

抱きとめるようにして彼を止める。

「どけ！　誰か撃たれてる！」

「だめです」

「俺のせいだ！　どけ！」

「行かせられない！」。今、あなたと分断されるわけにはいかないんだ！

彼が僕の目を見て叫んだ。

「お前は俺に死んで欲しくないんだろう！　まったく同じように、彼の無事を願う誰かもいるんだよ！　**あらゆる人間にいるんだよ！**」

息をのんだ。

言葉が出てこなかった。

かわりに、胸の奥でかすかな音が聞こえた。

それは、悲鳴に似ていた。

椿が、顔からタオルをもぎとりながら、叫ぶ。

「おおい――」

彼のみぞおちに当て身を入れた。実に嫌な感触がした。

椿がくずおれる。スライドドアを開けて、彼を後部スペースに積んだ。

アンドリウの元へ駆ける。彼の足首を掴み、一気に車まで引きずった。

タイヤを軋ませながら発進させた。

バックミラーの中、倒れた少年が小さくなっていった。

18

ひび割れたフロントガラスに苦労しながら、車を走らせる。とにかく港から離れようとしていた。なるべく人目につかない道を選んだ。

もちろん、車のナンバーも車台番号も車検証も偽造だ。この車の目撃情報から、僕や寺にたどり着かれる心配はない。しかしそれでも、この島でこの車はもう使えない。新しい足を手に入れる必要があった。

ここまでのミスは経験したことがなかった。

一分前から、椿のスマートフォンが鳴り続けていた。枕野署からだった。十中八九、椿依代の不在が公のこととなったのだ。

彼のスマートフォンはｉＰｈｏｎｅだ。警察が、アップル社や電話会社から位置情報を得ることはできない。それでも電話の音は、アスファルトを穿つドリルのように僕の神経を傷めた。

警察はどう見るだろうか？

二ヵ月前に殺人事件の起きた島で、島唯一の駐在員が失踪した。そして港では発砲事件と、ヨットの炎上騒ぎが起きた。

椿依代があの港にいたことは、発覚していないと信じたかった。人だかりとの距離は遠かった。顔も隠せていたはずだ。

じきに、大量の警察官が島に送られてくるはずである。そして山狩りだ。島民たちは自宅に鍵をかけ、閉じこもるだろう。なにせ逃走した男たちのひとりは、拳銃を持っている可能性が高いのだ。

返す返すも、アンドリウの銃撃を防げなかったことが悔やまれた。脱衣所で拳銃を発見できなかった、僕のはっきりしたミスだ。

ハンドルが湿っていた。体のあちこちが、ライターで炙られているみたいに熱かった。

今すぐ島から逃げ出したいくらいだった。それも格段に難しくなってしまった。少なくともフェリーは使えない。炎上したヨットが惜しく思えた。

アンドリウにはハンカチの猿轡を嚙ませ、手錠をかけている。用意していた手錠はこれで尽きた。彼は揺れる床に横たわったまま、硬くまぶたを閉じていた。

逃走者を逃したことも悔しかった。アンドリウは彼について喋ってくれるだろうか？　簡単ではないと思う。逃走者をかばっていた。いったいどういう関係なのか？

思考が千々に乱れる。集中力が続かない。体がだるかった。

火打ち石を擦る音。

バックミラーの中。タバコをくわえた椿依代が、アンドリウの横で上半身を起こしていた。スライドドアに背中をもたせかける。煙を吐き出しながら、タオルで脇腹を圧迫している。

僕は助手席に用意していた救急セットに片手をのばす。

「必要ない」。何も言わないうちから彼は言った。

「せめて消毒を……」

「被害者、見たのか」

少し迷った末に、僕は言った。

「たぶん、スクーターの少年でした。昨夜、宮藤さんの自宅に向かう途中にすれ違った、二人乗りの」

「中田のガキか……」。肝臓から絞り出したような声だった。

僕は続けた。早口になっていた。なぜか振り返ることが、彼を直接見ることができなかった。

「撃たれていたのは左の前腕でした。ほかにケガはない。致命傷になる場所ではなかった」

バックミラーの中で、椿がひらひらと手を振った。彼は何も言わなかった。僕は続けた。

「診療所も目と鼻の先だ。すぐに治療を受けられる。絶対に助かります……」

「本土の大病院と一緒にされたら困るがな」

「だとしても……」

「おい、別に弁解する必要はないだろう。お前はやるべきことをやったんだ。人助けできなかったからといって、何を落ち込む必要がある。人命救助はお前の専門外なんだから」

息が詰まった。

『お前は俺に死んで欲しくないんだろう！　まったく同じように、彼の無事を願う誰かもいるんだよ！　あらゆる人間にいるんだよ！』

彼の叫びが、巨大なガラスの破片のように胸に突き刺さっていた。

では、僕が成仏させてきたほとけ様たちにも、そういう誰かがいたということか？

その誰かは、僕が椿に思うのと同じくらいの強さで、ほとけ様の無事を祈っていたというのか？

そしてその祈りは、ことごとく踏みにじられてきたというのか？　この手で？

突然、強烈な耳鳴りがして周囲の音が聞こえなくなった。

かわりに、胸の奥から聞こえてきた。

【こわい】

幼（おさな）い子どもの声のようだった。なんだこれは。【こわい】

直感する。聞くな、危険だ、凍りつかせろ。というか、殺せ。殺してしまえ——

「悪かった」。両肩をつかまれていた。ヘッドレストの後ろから、椿が両手をのばしていた。僕は、いつの間にか踏み込み過ぎてしまっていたアクセルをゆるめた。「悪かった。取り消す。悪かった」

ハンドルに添えた指が震えていた。

ミラーに映った椿は、下の唇を噛んでいた。まるで後悔しているようだった。

「俺のせいだ。この大男を御せなかった。なのに八つ当たりしてしまった。許してくれ」

彼の手も、かすかに震えていた。分厚い手だった。

僕は首を振った。筋肉がこわばっていた。椿は床のタバコをもみ消して、救急セットに手を伸ばした。

「お前が悪い人間じゃないのはわかるよ」

耳を疑った。言葉が出てこなかった。

「だからこそ、搾取するやつらが許せない」

何も答えられなかった。和尚は僕に、生きるチャンスと術を与えてくれたのだ。

胸の声は、二度と聞こえてこなかった。

そこは島の南西に位置していた。

県道から外れ、獣道と呼んでいいような狭い道を走った先に、「私有地　立入禁止」の立て看板とチェーンがあった。

チェーンを外し、更に進んだ先に、こぢんまりした入り江があった。

なめらかな水面と白い砂浜。黒松の林に周囲を囲まれていた。静かだった。砂浜の近くに、倉庫と簡素な小屋があった。

椿が案内してくれたのだ。

「ここで天然塩を作ろうとしていた夫婦がいたんだよ。昔ながらの瀬戸内の製法でな。神戸の夫婦で、いろいろと相談にも乗らせてもらった。でも移住直前に旦那さんに病気が見つかって、計画がストップしてる。もう一年近くになるかな。……ここならまず人は来ない」

「ありがとうございます」

椿は合鍵の隠し場所を知っていた。「たまに掃除と換気に来てるんだ。とある理由でな」。倉庫のシャッターを開け、車を入れた。

ここもいつまで安全かなんてわからない。それでも、ひとまず息をつけた。

まずは椿と逃走者の情報を共有したい。それからアンドリウから情報を引き出す。簡単ではない。それでもやるほかないのだ。ふたたび筋肉が張り詰めていった。

ところが、椿が僕を海へと誘った。


椿は僕に背を向けて砂浜に立ち、新しいタバコをくわえた。最後の一本だったらしい。空き箱を握りつぶしてポケットにしまった。

「俺の妻の話だ。チカという名だ」

驚いた。なんと返せばよいのかわからなかった。

「なにをのんきな、と呆れるか?」。僕は首を振った。彼には見えないはずだったが。「でも、話しておきたくなった。五分で終わる」

僕はうなずいた。椿のシャツの裾がはためいていた。脇腹に貼られた包帯が覗いた。弾丸の軌道が数センチでもずれていたら、彼は二度と小説を書けなくなっていたのだ。今更ながら、あらためて戦慄(せんりつ)した。

「チカは、俺がメゾン・ドの捜査にのめり込んでいるあいだに死んだ」

息をのんだ。彼は続けた。

「俺がメゾン・ドのことを知り、調べ、やがて大阪府警がメゾン・ドを摘発するまで、時間にしてたった一年と一ヵ月のことだ。チカはそのあいだに亡くなった」

椿が吐き出した煙を、海の風が一瞬で溶かした。

「俺は馬鹿だからな。たまに帰るたびに自宅が加速度的にちらかっていくのを見て、どう思ってたと思う？　チカが怒ってるんだろうと思ってた。寂しいんだろうと。だから約束したんだよ。今の仕事が終わったら、必ずまとまった休みを取る。なんとしても取る。それで石垣島に行こうってな。妻は昔、民俗学を学んでた。石垣島のとあるお祭りを見に行きたいと、昔から言ってたんだ。来訪神を祀る祭りで……まあ正直、彼女が見せてくれた写真集を見る限りでは、俺には不気味としか思えない奇祭なんだが……まあとにかくチカはそれを見たがっていた。で……それを、まあ行けてなかった新婚旅行のかわりにしようと。そう約束したわけだ。牛乳の染みが黒々と残るソファーにちょこんと座る彼女にな。馬鹿だろう？」

椿は振り返らない。僕は首を振った。わからなかった。

「はじめて『だれ？』と言われたときも、『寂しくさせてごめんな』と返したんだぞ。『もうじきカタがつくから』と。『子どもたちが生き延びやすくなるはずなんだ』とな。それで二度目に『だれですか？』と言われて、俺は彼女を病院に連れていった」

喉がヒリヒリした。無性に息苦しかった。

「彼女は若年性認知症を発症していた。アルツハイマー型だ」

アルツハイマー症候群。脳にたまった特殊なたんぱく質が毒素を吐き出す。これが神経細胞を傷つけ、脳を萎縮させてしまう病だ。

「知ってるか？　若年性認知症を四十代で発症すると、高齢者の二倍のスピードで進行する。若ければ若いほど早く進む。人によっては年単位でなく月単位で末期に向けて突き進んでしまう。チカはまだ三十四だった。彼女にはすでに中期から後期の入り口くらいの症状が出ていた。記憶障害。

見当識障害。言語能力も低下していた。もちろん、当時でも認知症に対する薬はあった。日本でも認可されていた。しかしあくまで進行を遅らせるための薬なんだ。家族が早く気づいてやることが何より大切だったんだ」

椿の口調は淡々としていた。胸が苦しかった。

「娘に責められたよ。娘は兵庫の全寮制の高校に通っててな。ソフトボールの推薦だ。娘は言った。『ふつう気づくよね?』って。でも娘に責められることよりきつかったのは、娘が自分を責めてたことだな。自分だって夏休みに一日帰省したのに、母の変化に気づけなかった。それを悔いてた。高校から電話がかかってきたよ。退部届を勝手に出そうとしてたんだ。俺が書いたふうを装ってな」

タバコの香りがやんだ。もみ消したようだった。

「大晦日（おおみそか）が迫るある日、チカが消えた。ちょうど休暇取得の手続きをした日だった。帰ってくると、チカがいなかった。台所のカレンダーに、油性ペンで書かれていた。『おとうさん、どこ?』。子どもが書いた字みたいだったよ。警察も、消防も、近所の人たちも総出で探してくれた。明け方、隣の隣の町の潰れた神社の本殿の床下で見つかった。寒さから逃れようとしたんだろうな。生きていた。二時間後、病院で亡くなった。低体温症だ」

彼の声は、笑っているようにも聞こえた。

「妻が死んだ直後、二股直己が留置場で手首を食い破って死んだと連絡があった。できるなら、俺だってそうしたかったよ」

こらえきれなかった。僕は叫ぶように言った。

「どうやって、その体験を乗り越えることができたんですか？　心を殺したんですか？」

「乗り越えてはいない。ただ、一緒に生きていけるようになった。小説に昇華することで」

彼が振り向いた。髪の毛が潮風で踊っていた。

「小説……？」

椿は続けて言った。

「たしかにある意味で、俺の心は死んでいた。悲しくなかったんだよ。彼女の葬式が終わったあとも、娘にプラスチックのコップをぶつけられたときも。ただ、夜眠れなくなった。溶岩流みたいなどろどろしたものが胸に詰まっていて、まともに呼吸できないんだ。水も飲めなかった」

「娘は俺の実家に泊まっていた。だから俺はその状態でひとり、八日間過ごした。年も明けてたよ。それで九日目の夜、俺はカレンダーを見ていた。妻が『おとうさん、どこ？』と書きつけた年明け前のカレンダーだ。俺はその文字を床に座って見ていた。テーブルの下にボールペンが転がっていたから、妻の文字の横に『ここにいたんだけどな』と書いた。そうしたら次の文字が勝手に出てきた。『ここにいたんだよ悪かったよ』とな。次に気がついたときには、カレンダーの表も裏も小さな文字で真っ黒になっていた。よだれが垂れてると思って口を拭いたら、目から溢れてたまげたよ。それで朝まで書いた。そこらの紙に。妻への謝罪と、後悔と、自分への恨みと、情けなさと、寂しさを。順番も文法もめちゃくちゃに。抱えているものをぶちまけた。それで朝になるとペンのインクは尽きていて、俺は車に乗って娘を連れ帰ってきた。台所でひどい飯を作って食って、彼女に謝った。俺は馬鹿すぎて、また家族をひとりにしていたわけだ。娘は一言も口をきかなかった。ただ、飯は食べてくれた。べちゃべちゃの焼き飯を」

少しだけほっとした。他人の家の、他人の娘さんのことなのに。

「その夜から、俺はコンビニで買った大学ノートに、胸に溜まったどろどろを移していくようになった。……それはしんどく、恐ろしい作業だった。どろどろを構成する大部分は、いわゆる罪悪感だとわかった。罪悪感の周囲には、さまざまなかたちをした自己本位の醜い感情が、垢みたいにびっしりこびりついていることも知った。言葉に置き換えてゆくたびに、自分の愚かさに新鮮な角度から直面させられて、きつかった。それでも不思議なことに……少しずつ眠れるようになった。俺は仕事を休職して、家事に専念した。部屋は片付いたが相変わらず娘は一言も口をきかなかった。それに学校にも戻っていなかった」

椿は胸ポケットに手を入れた。つぶれた空き箱を取り出しかけてやめた。

かわりにボールペンをつまんで、ゆったりと振りながら喋った。

「妻が亡くなって半年ほど経ったとき、朝食を作っている俺の元に娘が来た。娘は泣いていた。俺の大学ノートの束を胸に抱いていた。そのころ、俺は俺と同じどろどろを抱えて生きる、しかし俺ではない人々の人生をノートの上に立ち上げていた。たとえばある女性は、自分の寝タバコで火事を起こして老母を死なせてしまっていた。ある男性は、運転するボートを転覆させてしまい、甥に障害を負わせてしまっていた。彼らは年齢も性別も価値観も俺とはちがうけど、みな俺の汚れた心臓で動いていた。要は彼らを鏡にして、俺は自分の心と向き合っていたんだな」

固唾を呑んで、言葉の続きを待った。

「娘はノートを抱いて目をごしごしこすりながら言った。『おかあさんごめんなさいい』と泣いた。『気づかんで、ひとりにしてごめんなさいいい』と泣いたよ。それから娘はまる二日かけて、いちばん好きだというノート、ｖｏｌ・48の中身をパソコンで打ち直した。そこには親に求められるがままに、細菌テロを手伝った少年が描かれていた。少年が大人になり、そのできごとに折り合いをつけて、一緒に生きていけるようになるまでが描かれていた」

　心臓が飛び跳ねていた。

「そして締め切りに間に合う文学賞を調べて応募した。娘は『供養になるよぜったい』と言った。信じがたいことに受賞したよ。それが『海底のひまわり』って作品だ」

　こんなに幸せなことがあるだろうかと思った。

　僕はやっとのことで声を発した。情けないほどに声が震えていた。

「……チカさんのお名前は、どう書くんでしょうか？」

「ああ。鋭いな。椿に花と書く。俺のペンネームは娘がつけてくれたんだ。ちなみに娘は一年だけ留年して高校を卒業した。控えだけどインターハイも出たんだぞ。……ああ、きのうおといと俺が酒を飲んでたのは、娘の妊娠がわかったからだ。長いこと不妊治療を続けててな……。相手の韓(かん)国人(こくじん)はいいやつなんだが、籍は入れないという。まあ娘の決断ならなんでもよくて……って喋りすぎたな」

　椿は頭をかいた。苦笑いしてから、こう言った。

「なぜ小説が好きなのか、ってお前に聞いたよな？　俺が好きな理由はこれだ。俺はいつも、心のどろどろを材料に小説を書いてる。どろどろの正体は、ライフステージに応じて変わる。残念ながら妻の死後も、俺は新たな悲しみや苦しみに出くわさずに生きてゆくことはできないでいる。しかし小説にすることで、それらのどろどろの顔がわかり、名前がわかるようになる。すると一緒に生きていけるようになるんだ。苦しいけど、耐えられるようになる。まあ厄介な家族みたいなもんだな。そして……」

椿は小さく咳払いした。うなずきながら言う。照れているようにも見えた。

「そして、これがもっとも素晴らしいことなんだが……小説にすることで、同じどろどろを抱える読者の伴走者になれるんだ。もちろん、うまく書けて、運がよければという話だ。それでも自分の苦しみを元にして、誰かに寄り添ったり、誰かを慰めたり、救ったりできる可能性があるってのは、最高じゃないか？　生きていてよかったとすら思え……」

「すごい！」と僕は叫んだ。こらえきれなかったのだ。

「すごいすごい！」。足を踏み鳴らして叫んだ。ビーズのような砂粒が舞い上がる。椿があっけにとられているのがわかった。でも止められなかった。「すごいです！」

「どうしたんだよお前……」と椿がつぶやいた。それから笑った。

むやみにうれしかった。小説ってすごい。小説家ってすごいと思った。

椿の輪郭(りんかく)が、逆光で輝いていた。なぜか胸が締め付けられて、涙が出そうになった。

「まあ、今のは俺が小説を愛する理由だよ。お前にはお前なりの、別の理由があってしかるべきだ」

夢中でうなずきながら、悔しかった。すごさを伝える言葉がない。頭と胸をかきむしってもつかめない。喋ることは、こんなに難しいことだったろうか？

「『その部屋はいつも雨漏りしていた。不思議なのは、水の垂れてくる位置が毎日変わることだった。彼はカメラのフィルムケースを持っていた。不燃ごみ置き場から拾ってきたものだ。一滴ずつ雨を溜めて、満杯になると窓から捨ててまた溜めた。それが彼が手にする唯一の仕事であり、学びであり、自由だった。彼は十歳だった。』」

「おいおい、おい。俺の書き出しじゃねえか。『海底のひまわり』の」

「すごさを伝える言葉がありません。だからすごいものをそのまま発しました」

「覚えてくれてるんだな。あの一節を」

「覚えてますよ。あなたの作品は全文暗唱できます」

「……あの作品の全文を？」

「いいえ、全作品の全文です」

椿は口を半開きにした。しばらくそのまま僕を見ていた。

「……比喩表現じゃないんだろうな、お前のことだから」

「はい。どの作品もすごいです。とりわけ『海底のひまわり』がいちばんすごいと感じます。僕は……あの作品が……大好きです」

「そうか……うれしいよ」

その言葉が、あたたかい波のように体のすみずみまで広がった。

「何度読んでも新鮮にすごいと思えます。今回買ったのは七十六冊目なんですが……」

「七十六……！　それは……なんなんだ？　すごいな」

「すごいんです」

「まさかこんなファンと出会えるとはな……ありがとう」

視界がぼやけた。首を振った。

「ほんとうに……なんでこんなに惹きつけられるのかわからない」

　ピントの合わない視界のなかで、椿が「そうか」とうなずくのが見えた。もしかしたら、彼にはわかっているのかもしれないと思った。僕があの作品に惹かれる理由を。彼は、悲しみながら笑っているようにも見えた。


【うれしい】


　まただ。胸の奥で、子どものような声が跳ねた。

　胸に手を置いて、僕は尋ねた。

「……質問してもよろしいでしょうか？」

「なんだ？」

「足の裏がふわふわしています。筋肉と皮膚がゆるんでいる。そして胸があたたかい。これは僕は……しあわせということで間違いないんでしょうか」

　椿は笑った。そしてうなずいた。「間違いない」

　あらゆるものに申し訳なく思う。でも、生きていてよかったと思った。

「宝物をもらったようだ」

「車の鍵を貸せ」

　椿は倉庫に入った。隣の小屋に入った。なんのかんのと抱えて戻ってくる。黒い球体が飛んできた。

　おにぎりだった。続けてもうひとつ。

「朝、食ってないだろ」

「ドリンクとバーを持ってます」

「それもいいけど他のものも食え。左が鮭。右が明太子。枕野島で採れた海苔を使ってる」

そう言うと椿は、砂浜に座った。小屋から持ちだしてきたらしいポケットコンロに火をつける。小さな鍋が載っていた。

仕方なく僕も砂浜に腰を下ろし、黒い球体をかじってみた。

なんだこれは？　唖然とした。黒い海苔の香り。白い米の塩気と甘み。そして中央から現れる橙色の鮭の身の、旨味と脂。夢中で食べた。食べる手を止められなかった。

食べ終えると、すぐにもうひとつのおにぎりを食べた。明太子を一口噛んだ瞬間、「魔術みたいだ」と声が出た。椿が笑いながら、味噌汁のカップに湯をそそぐ。

受け取って、飲み込もうとすると、「火傷するぞ！」と叫ばれた。息をふきかけて冷ます。すする。目を見張った。こんなに贅沢な、ふくよかな味わいの飲み物があるのか？　そしてぬくかった。生まれてはじめて、温かい食べ物を口にしたような気がした。

見ると、椿もおにぎりをかじっていた。朝しっかり食べたはずなのに。彼は手に持ったボールペンで、小屋を指しながら言った。

「実は掃除するかわりに、ときどきそこで書かせてもらってる」

「すごい！」

「波の音を聞きながらタイピングする以上に、贅沢なことはないよ。……新作もそこで書いたんだ」

「ああ……早く、読みたいです。……ほんとうに早く」

空と海のあわいを、白い鳥が一回転した。

なあ、そんなにのんびりしていていいのか？

脳のひんやりした部分で、思った。警察がお前のことを追っているんだぞ。いつ別の殺し屋に襲われるかわからないんだぞ。燃料補給なんか、動きながらでもできるだろう？　と。

関係なかった。今このときが、少しでも長く続けばいいのにと思った。

「新作の登場人物も、あなたの心臓で動いているんですか？」

「そうだ、もちろん」

「すごいな……僕も……そういう作品を書いてみたいです」

「書いたらいいさ。自分の心を見つめてな」

椿はボールペンの尻を使って、妙にリアルな心臓の絵を砂浜に描いていた。

「でも……僕の心は……」。かわいた笑いがこぼれた。「死んでいます」

「心が本当に死ぬことはないよ。俺にはお前が、むりやり心を押し殺しているだけに見える」

椿が絵の上にペンを置いた。言った。

「だってお前は、小説を好きなんだろう？　それが心じゃなくてなんなんだよ。好きが心じゃなくてなんなんだよ」

鼻をすすった。はじめて、潮の匂いを感じた。

「……自分の心に向き合うのは……怖いです。恐ろしい思いが……あふれてきそうで」

「そうだな。でもお前はだいじょうぶだよ。そもそも小説を好きなやつは、みんな心の優しい人間だ」

言葉を失った。「……僕は、殺し屋なんですよ？」

椿は何も答えず、お茶をすすった。あらためて、彼を死なせるわけにはいかないと思った。

19

朝食の容器を片付けたあとで、僕たちは港で起きた出来事と対峙（たいじ）した。

僕は逃走者の外見を説明した。

「身長は百七十センチ強。痩せ型。姿勢や体の動かし方を見るに、三十歳前後でしょうか。オリーブ色のジャケットとパンツのセットアップ。顔はまったく見ることができませんでした」

「お前も確信しているはずだが、アンドリウは真犯人じゃない。あいつ、俺が死体を引きずる動画のことも知らなかった。俺がメゾン・ドを解体した元刑事って気づいたのも、この二日以内なんだ。やつの復讐って線はありえない」

うなずいた。椿は言う。

「逃走者が真犯人である可能性が高い。そしてアンドリウは、なんらかの理由で彼をかばっている」

「口を割ってくれればいいんですが」

「楽じゃないだろうな」

拷問以外の手。「アンドリウをハメるのはどうでしょうか」

「ハメる？」

「我々の仲間が、逃走者を発見して捕らえたことにする。そして、『今から逃走者に拷問してあれこれ聞き出す』とアンドリウに伝える。『お前が知っていることを喋れば、そのぶん拷問の量も少なくて済む。こちらも時間の節約になって助かる』と」

椿は腕を組んだ。ねめつけるようだったので、僕は目を逸らしたくなった。

「騙（だま）されると思うか？　逃走者の姿を見せるか、声を聞かせろと言うだろう」

「応じません。『だったらあちらに聞くだけだ。駆け引きするなら拷問を始めたほうが効率的だ』。そう言って仲間に電話をかけるふりをする」

「ありかなしかで言えばありだ。ただし、ほかに方法がなくなったときにやろう。演技とは言え、拷問を匂わせてやりあうのは寝覚めが悪い」

この人はほんとうに暴力を憎んでいるのだ。僕は頬が熱を持つのを感じた。

僕が黙っていると、彼は言った。少し言いづらそうだった。

「なあ。一応はっきり言っておきたい。俺は、今回の真犯人も、お前のボスも、それから久津輪鳳太郎も、全員を逮捕に導くつもりだ。すべて報告し、警察組織で情報を共有した上でな。そして……そこにはお前のことも含まれる」

「わかりました」

そのつもりだった。椿の顔が苦々しいものになった。

「警察から逃げられると思うのか？」

「椿さん、もういちど大阪の横木さんに助力を求めることはできますか？」

「……おそらくは。何を聞く？」

「逃走者はメゾン・ドにも関わりがあるはずです。メゾン・ドにまつわるすべての資料にあたりたい」

椿は顎に手をあてて、こう言った。

「実はな、留置場で二股直己が死んだ日、大阪府警のなかで、ボヤ騒ぎがあったんだ。そして顧客データを中心とする、メゾン・ドにまつわる捜査資料の多くが、デジタルとアナログ共に失われてるんだよ」

「つまり……大阪府警の中に、動いたやつがいると？」

「……もっと言ってしまおう。実は、二股直己の死にもきな臭いところがある。自殺じゃない可能性があるってことだ」

荒唐無稽な話ではまったくない。警察官の給料は総じて安い。また、弱みを握られたときは実にもろい。

「まあ、それでも聞いてみよう」と椿は言った。

椿のスマートフォンは機内モードにしていた。彼がメール本文を制作する。フリック入力がでたらめに早かった。

脳の表面を、ピリッとしたひらめきが走る。さっき食べた白米と味噌汁が、頭を勢いよく回していた。

原点に立ち返れ。

今回の依頼人は久津輪鳳太郎である。真犯人はほかの誰でもなく、久津輪鳳太郎の娘を狙った。

事件のゼロ地点に、久津輪鳳太郎がいる。

僕は、椿に質問を追加してもらった。

「久津輪鳳太郎と、メゾン・ドになにかつながりはありませんか？」

椿は熱っぽくうなずいた。メールが、大阪府警の横木警部に送られた。

僕たちは倉庫に戻ることにする。足を止めて、砂浜に描かれた心臓の絵を見る。ボールペンを拾い上げて、胸ポケットに入れた。


「あっついよお兄ちゃん～！」

花時計を隠し収納から出してやった。額に髪が張り付いていた。シャンプーの香りに、汗のにおいが混じっていた。

水を飲みながら、花時計が窓の外を見て言う。「お～熊さんだ。捕まっちゃったんだね。えらいガタガタしてたけど、大捕り物してたわけぇ？」

アンドリウは倉庫の隅のパイプ椅子に座らせていた。念のため、片手を鉄骨につないでいる。

「結局あいつ、犯人なわけ？」

再び彼に耳栓をして、車のドアを閉めた。


我々の予測通り、アンドリウは一言も口をきかなかった。ヨットでの軽口と悪態が嘘のようだった。ただ黙って、天井からぶら下がる錆びたフックを見つめていた。椿が与えたおにぎりだけは、夢中で飲み込んだ。

僕は椿をちらりと見た。しかし椿は小さく首を振った。拷問の芝居はＮＧだ。

「俺、そいつとやったかも」

ラジオのニュースを確認するため車のドアを開けると、花時計が言った。彼は窓越しに、椿とアンドリウをぼんやり見つめていた。「オリーブのセットアップやろ？」

そうか、読唇術を使えるのか。彼から耳栓を取り去って、尋ねた。

「逃走者のことを知っているなら、教えてください」

花時計は含み笑い。「なにしてくれる？」

「なにが必要ですか？」

「小説読ませて」。彼の目は笑っていなかった。「書いてんだろ？　見せてみろよ。お前の……ま～じか雨乞！　顔真っ赤じゃん！」

「……すみません、それはご勘弁ください」

「おえん。小説読ませてくれたら、情報教えてやるわ」

「だいじょうぶか」

声を聞いた椿が、開いたドアから車内を覗いていた。

「先生～おしっこ～」と花時計が体をくねらせる。「ひとまず便所。小説はそのあとでええわ」

よく見ると、花時計は顔の血色をいくぶん悪くしていた。

「タオルと空き箱を持ってきます」

「鬼畜かよ雨乞～。外でさせろ」

僕は椿を見た。椿はうなずいた。僕はあきらめて、花時計を抱いて外に出た。

アンドリウが突然出現した少女に目を見張る。花時計がウインクを送った。

「お姫様抱っこさいっこう～」

彼の歯が飛んでこないよう、注意を払って歩いた。小屋の近く、砂浜の際にぽつんと生えた松の木の裏に連れて行った。

手足の拘束は解かない。ショートパンツと下着を膝まで下げてやり、松の幹に背をもたせかけ座らせてやった。少し離れたところに椿もいた。気を使っているのか、海の方向に顔を向けていた。

「足かせ外してよ～おしっこ靴にかかっちゃうじゃん」

「絶対にだめです。もう追いかけっこするつもりはない」

「じゃあティッシュ。ティッシュそばにないと出ない」

「逃げようとしても絶対に追いつきますからね」

「もう逃げんよ。お前の小説読みたいもん」。花時計は微笑んだ。

僕は小走りで倉庫へと戻った。ハイエースのダッシュボードを開け、ボックスティッシュをつかむ。車の外に顔を出した瞬間、悪寒を覚えた。

嘔吐する声が、かすかに聞こえた。

倉庫の外に出る。松の陰で、花時計が四つん這いになって吐いている。

そしてその隣で椿が、まるで介抱しようとするように、中腰になっている。

「離れろ！」

走りながら叫んだ。地面に胃液の染みが見えた。緑色のカプセルが見えた。芋虫みたいなカプセルだった。

花時計が額でカプセルを潰した。彼女は、彼は、笑っていた。

中からなにが出てきたのか見えない。唇になにかをくわえたようだった。そして首を振り、椿が伸ばした手に吸い付いた。

「やめてくれ」。声にならなかった。

僕は椿の背中に飛びついた。地面を転がった。花時計から距離を取った。

花時計を見た。唇に、押しピンの頭のようなものをくわえていた。

椿の手を見た。右の手のひらから、針の根元のようなものが覗いていた。膝が砕けそうになった。ミツバチみたいに毒針だけ外れて、椿の体に残っているのだ。

くわえていたものをプッと吐き出して、花時計が叫ぶ。「ぬるすぎぬるすぎぬるすぎぃ！　素人かよおめえ雨乞いぃ！」

椿がまじまじと手のひらを見つめていた。

僕は花時計につかみかかった。二発。稲妻のように頬に入れる。「抗毒剤を出せ！」

「おまえ～変形したら整形代出せよ～？」

毒を扱う人間が抗毒剤を持っていないことなどありえない。まずは自分の安全のために。そして毒を打ち込んだ人間の命を人質に取って、言いなりにさせるために。

しかし、今、花時計がなにも持っていないことは、ボディチェックをした僕がよく知っていた。胃の底以外はたしかめたのだ。まさか胃の底に、抗毒剤も収めているということはありえるだろうか？　しかし胃を切り裂いたあとで、なかったら？

ストン。椿の膝が抜けて、その場にくずおれた。ああ。と漏れた自分の声が聞こえた。椿の両手はだらっと下がっていたから、彼は受け身を取れずに顔を砂浜にうずめた。

「インランドタイパン～。神経毒～」

花時計が歌うように言った。オーストラリアの猛毒ヘビだ。もちろん嘘かもしれない。真実だとしても、この島の診療所に対応する血清があるわけない。

「ま、入った量はごく少量だから。先生の体格なら、十から十二分くらいは持つんじゃないかな。それ以降は肺も心臓もアクションやめるよ」

「血清は……どこですか」

「あ～いいねその顔。めっちゃセクシー」

「お願いします」

「小説読まれるの恥ずかしい～モジモジ～の顔も最高だったけどさ。どこまで頭腐ってんだかわかんないけど、そんな母親殺しのクソがクソ拭いた紙みたいなもん、読みたいわけないじゃん？」

「花時計さん」

「さっさと拘束解けよ！」

唇がやぶれる音を聞いた。血をぬぐって、僕は走った。車を倉庫から出して、ふたりの前に横付けにする。

「助手席乗せて～」

僕はまず、椿を後部スペースに乗せた。彼の呼吸はゆっくりに、そのくせ極端に浅くなっていた。顔中が濡れていた。「すまない」と唇を動かしたように見えた。

僕は花時計を助手席に座らせた。御すことができるだろうか。恐ろしかった。

震える指で、彼の足かせを外した。そして手錠を外した。

花時計はダッシュボードに足を投げ出しながら言った。

「手錠渡せ」

僕は彼に手錠を渡した。

「おら出発！　血清はゲストハウスの化粧ポーチの中！」

アクセルを踏み込んだ瞬間、僕の手首に手錠がかかった。もう一方はハンドルにかかっていた。

20

フロントガラスが砕け散った。顔にガラスのシャワーが降りかかる。

花時計が、片口ハンマーと右足で崩し破ったのだ。工具箱から取り出したものだった。

吹き込んでくる猛烈な風を浴びながら、彼は無邪気に笑う。「め〜ちゃめちゃ口かわくよこれ〜」

花時計が開示したタイムリミットは**十〜十二分**。真偽はひとまず脇に置く。ゲストハウスは南の集落にある。入り江から飛ばして、およそ**五分強**というところだ。入り江を発つまでにすでに**三分以上**が失われていた。

間に合うのか？　ほんとうに？

バックミラーの椿は、こちらに背を向けて横たわっている。その背中が上下していない。呼吸できているのかわからない。

尋ねても意味のないことだ。それでも口にせざるを得なかった。

「ほんとうに、血清があるんですね」。口内のガラス片に気づいて、吐き出した。

花時計は、僕から取り戻したヘアピンで前髪を留めていた。彼は椿依代を、久津輪鳳太郎の要望通りに拷問して殺す必要があるはずだ。いま毒殺してしまってはならないはずなのだ。だから、だから、きっと血清はあるはずだ。自分に言い聞かせる。

地鳴りのような音が空から降ってきた。

サイレンだった。直後、スピーカーを通した、巨大な声が耳を打つ。

『こちらは、防災湯島です。枕野警察署より、拳銃発砲事案発生についてお知らせします。本日午前九時三十分ごろ、湯島神浦港で、拳銃のようなもので男性が撃たれ、負傷しました。現在、犯人は逃走しています。犯人は大柄な男。仲間がいる可能性があります。黒い大型の車に乗っていま す。拳銃を持っている可能性がありますので、外出は極力控えてください。不審者を見かけた際は、一一〇番通報をお願いします。こちらは、防災湯島です……』

防災行政無線だ。

焦りでハンドルがぬめる。車幅すれすれの裏道を飛ばす。どうか人が飛び出してこないでくれと願う。

「や〜修羅場だね〜雨乞」と花時計が愉快そうに言う。「熊ちゃん置いてきてよかったのかな〜？口塞いどいた方がベターだったかもよ。わっ」

車内に小鳥が飛び込んできた。「ヒヨドリだ、かわいいね〜」。すばやく捕まえて撫でながら、彼が言う。

「正直、最初は雨乞のことなめてたよ。でもサウナの銃撃でわかった。ゲストハウスのバトルで痛感した。俺は真っ向勝負じゃお前には勝てないね。お前は隙がなさすぎる。ハニートラップも効かないし。そもそも俺は工作向きだしね〜。だから欲しかったんだよね、弱点が」

　彼は小鳥のくちばしにキスをした。

「最初に和尚に聞いたときはびびったんだぜ？　雨乞が藪池を殺すのをためらったって聞いたとき。あの和尚の言いなりペッパーくんのお前がさ。でお前に捕まっておとなしく観察しといたら、まじであのおっさんのこと慕ってるようじゃん。たまげたよ」

　彼はチャンスをうかがっていたのだ。

「愛するものは弱点になる。だから愛しちゃだめなんよな」

　僕はようやく気づいた。

「花時計さん、和尚に久津輪汐殺しの捜査を命じられていたんじゃないですか？」

「お、鋭いね〜。和尚もね、この殺人事件、な〜んか裏があるんじゃねって疑ってたのよ。あの人、その辺りの嗅覚がサバンナに生きる小動物並みに鋭いから。要は、この事件が久津輪鳳太郎への復讐ではないのか。ひいてはその復讐対象に、自分は含まれるのか否か。ってことを心配してたわけ。あの人、久津輪さんとは現役時代からの仲らしいからね。『和尚』と『澁澤（しぶさわ）さん』の仲よ。あ〜澁澤ってのが久津輪が寺を使うときの偽名ね。澁澤一（はじめ）。さんざん仕事もらってきた和尚としては、誰かの恨み買ってる怯えを拭い切れないんでしょ」

　県道に飛び出す。軽トラとすれ違う。運転していた中年女性が、驚いたようにこちらを見る。気にしていられない。まっすぐゲストハウスへ。

「で俺は汐の島内での交友関係から詰めていったんだけど、わかったのはあいつがクソクソビッチってことだけ。あ、あとは宮藤だっけ？　全裸シャブ中。あいつからも話聞いた」

「……いつですか？」

「あいつ、サウナ小屋から逃げ出したろ？　俺はあいつが神社でマリファナふかしてるのよく見てたから、あのあと行ってみたんだよ。泣きながら野良犬の頭なでてた。で、絞った。でもわかったのは、電話をかけてきた真犯人が、島で生まれた人間じゃなさそうってことくらいだった。犯人が報酬のありかとして指示したのが、『日の出ずる川』って書く川のほとりらしい。犯人は『ひでがわ』って発音したんだと。でも正しい読み方は『ひじがわ』なんだって」

「……その後、宮藤さんは？」

花時計は舌を見せながらウインクした。

「でもお前らに捕まってからはほんま楽だったわ。俺のかわりに謎解き(なぞと)きしていってくれてよ～。寝とるだけでええんじゃから。なんて言うんだっけこういうの。なんたら椅子なんたら～？」

花時計が、ちらりと時計を見た。

道の先に、ゲストハウスが見えた。周囲に車とひと気はなし。

砂煙を立てながら空き地を横切って、建物の裏に停めた。少しでも車を目立たなくするためだった。僕は後ろを向いて叫んだ。

「もうだいじょうぶです！　少しの辛抱です！」

「うるさ～」と花時計。椿は返事をしなかった。身じろぎもしなかった。様子をたしかめたい。でも時間を無駄にすべきではない。僕は手錠を振りながら叫んだ。

「早く外してください！」

「いやいや、雨乞くんはお留守番でしょ」

花時計はドアを開けた。

「そんな――」「あ、そうだ」

ドンドン！　脇腹に二発食らった。「お礼しとくね～」

車内に胃液のにおいが充満した。目がちかちかする。頭が回る。

なんだこれは？　そうだ。痛みだ。痛かった。すさまじく痛かった。

「あのさ、なに人間ヅラしてんの？　俺もお前も外道なの。愛するもんが死ぬところ、じっくり目に焼きつけとけよ」

冷たい声だった。

椿が死ぬ。電撃のように直感する。

ひゅっと風切る音の直後に、衝撃。後頭部だった。額がハンドルを叩き、クラクションが鳴り響く。

花時計がハンマーを放るのが見えた。

ぬめる血が、首の後ろに垂れてゆくのを感じた。

「あのデブ熊、拷問決めたら一発やろ。二分以内に俺が口割らせてやるわ。そんで真犯人見つけるから、そのおっさんは最悪死んでくれてもかまわん。お前はあとでじっくり相手してやる」

花時計が小鳥を放した。小鳥は空へ。花時計はゲストハウスの正面に向かっていった。

彼はなぜ、ここに来たのか？

僕はまた吐いた。吐きながら、口にした。「絶望するのは後だろ」

後部スペースに視線を飛ばす。工具箱に手は届かない。あの中にはワイヤーカッターがある。しかしそれでも、ハンドルを切断するには二分半はかかる。

　椿は動かない。もうとっくに呼吸も脈動もやめているのではないか。自分の無力さと愚かさに心臓をかきむしりたくなる。それでも負けるな。無意味な後悔も想像もあとだ。今は**やれること**をやれ。

　僕は手錠に囚（とら）われた左手の親指をつかむ。反対側にたたんだ。箸（はし）をまとめて折ったような音が、体の中で轟く。脳天を激痛が駆け抜けた。くそ。なんなんだよまったく。八年ぶりに味わう痛みだ。痛くて痛くてたまらない。

　それでもまだ手錠を抜くには不十分だった。もっとボリュームを減らせ。僕は助手席の足元に手をのばす。ハンマーを拾う。それでさっき壊した部分を叩いた。第一中手骨基部。もう一度叩く。もう一度。上下の奥歯がぎしぎしとお互いをこすりあう。

　今、利き腕のパフォーマンスを落とすのは得策ではない。

　でも、ほかの策がないのだ。

　皮膚を削（そ）ぎながら、手錠が外れる。

「すぐ戻ります！　絶対に戻ります！」

　車を飛び出た。


　開いた玄関の内側から、蒸れた**血のにおい**が吹き出していた。

　靴を履いたまま、上（あ）がり框（がまち）を踏む。じっとりと血を含んで空気が重い。

　目の前の扉を開けると、リビングである。

部屋の隅に、ふたりの外国人がうずくまっている。男女である。抱き合っているが、お互いに首があさっての方向を向いている。男性の右足は膝の関節でちぎれていた。足元のiPhoneから、ポップミュージックが流れている。

右手にダイニングキッチンと廊下。左手に襖。ハンマーを構えたまま、しずかに襖を開ける。八畳ほどの和室である。和室から覗く庭に、男が倒れている。エプロン。このゲストハウスの主人だ。首が飴細工のように伸びている。

和室の奥にさらに襖。開く。また和室。ちゃぶ台に覆いかぶさるようにして、中年女性がつっぷしている。割烹着。周囲に散乱する膳や食べ物に混じって、手首が転がっている。

僕は縁側に駆け寄った。

縁側に、花時計が倒れていた。

両足がねじれ、ちぎれていた。

顔を見て慄然とした。両目がつぶされていた。

「このにおいは雨乞……どう？　かわいくなった？」

縁側は、右手に伸びていた。

そしてその先のドアが開いた。

出てきたのは、煮こごりだった。

黒いシャツを袖まくりしていた。そこから伸びて膨れ上がった両腕が、他人の体液で輝いていた。筋肉の上で、大人の人差し指ほどもある太い血管たちが、獲物を丸呑みした大蛇の群れのように蠕動（ぜんどう）していた。エイ革の手袋から、ピンクのしずくが糸を引きながら垂れていた。

煮こごりの目から下は、マフラーに覆われていた。マフラーも黒かった。なぜかひと目でわかった。人の血と脂を吸わせ続けて黒ずんだものだとわかった。

ゲストハウスに入ってから、**十一秒**が経っていた。

僕はすばやくハンマーを尻ポケットに突っ込むと、花時計を担ぎあげた。背負う。

「さわんなよ〜」

和室に飛び込みながら問う。「やったのは煮こごりさんですか」

「見りゃわかるやろ」

なぜ。煮こごりは花時計の味方だろう？　ふたりの狙いは、僕だろう？

ガラス戸を蹴倒して、煮こごりが入ってくる。あの濡れた手に触れたら終わりだ。距離を取りながら、問う、問う。

「ポーチは」

「二階のスタッフルーム。押入れの中」

「階段は」

「リビングの奥」

「生存者は」

「おるわけねー」

理解できなかった。まるで自然災害だ。なぜ煮こごりは花時計を、さらには殺す必要なんてない第三者を巻き込んでいるんだ？　目撃されたからか？　しかしそれでもやりようがあるはずだ。これは……ただの虐殺だ。乱暴なのが煮こごりのスタイルなのかもしれない。しかしこれは仕事ではない。こんなやりかた、和尚がゆるさないはずだった。

リビングを抜けて廊下へ。階段があった。

体が重い。花時計の分だ。跳ねるようには登れない。

「きちのしん」。花時計がつぶやいた。問い返す余裕はなかった。

悪寒と**鳥肌**。

階段を踏みつける足首。その後ろ側を、ぬるい風が撫でる。あの手が迫っていると直感する。振り返らざるを得ない。暗い目が僕を見上げていた。長い長い腕。のたうつ血管。逃げられない。コンマ数秒後に、足首を掴まれるのを確信する。

花時計が、僕のポケットからハンマーを抜いた。迫る手首を打ってさばいた。

僕は両の手のひらを左右の壁に叩きつけて突っ張った。急ブレーキ。そして腰をひねり、突っ込んでくる煮こごりの顔面に、後ろ蹴りを叩き込んだ。ゲストハウスに入ってから、**二十三秒**が経っていた。

煮こごりが宙を舞う。階段の下へ落ちてゆく。

マフラーがほどける。彼の顔があらわになる。顔のくっきり下半分だけが、ひどい火傷の痕（あと）に覆われていた。まるで鼻から下をインク壺（つぼ）に漬け込んだようだった。

階段の上には左右に襖があった。花時計が叫ぶ。

「右！　ゴー雨乞ゴー！」

右の襖を引き開ける。眩しい。大量の洗濯物を透かして、外の光が入ってくる。今朝、花時計が洗濯物の陰から僕を狙撃してきた部屋だ。もう何ヵ月も昔のことに思える。部屋の隅には、充電器に差さったスマートフォンがあった。

押入れ。引き戸を開ける。

布団の奥にピンクの巨大なキャリーケース。その上にピンクの化粧ポーチ。ポーチをひっつかんだ。階下から、猛烈な勢いで階段を駆けのぼってくる音が聞こえた。早く逃げろ。

押入れから離れた直後、花時計が叫んだ。

「キャリーも！　キャリーもお願い！」

迷った。壁を通して、煮こごりの息遣いが迫ってくるようだった。「お願い」

踵を返し、僕はキャリーケースの持ち手をひっつかんだ。

「きちのしん」

「しっかりつかまっててくださいよ」

キャリーを抱いた。中でいきものの気配がした。

タオルやTシャツ、洗濯物の海に突っ込んだ。ベランダから飛んだ。堤防の向こうで水面が輝いていた。

砲弾が着弾したような音と共に、ハイエースの屋根に落下する。ゲストハウスに突入してから、きっかり**三十秒**だった。

「椿さん！　戻りましたので！」

助手席に花時計を放り込む。「いたぁ」。エンジンはかかったままだ。アクセルをべた踏みにする。タイヤを軋ませて車が飛び出す。

バックミラー。一瞬前まで停車していた位置に、煮こごりが落下してくるのが見えた。ゲストハウスの陰から出ると、県道に制服警官がふたり立っているのが見えた。ふたりはハイエースに気づくと、無線に手をやりながらこちらに向かってきた。

県道に出るのは中止。このまま裏道を走る。並んだ民家の裏と堤防の隙間を九十キロで走り抜ける。

煮こごりは立ったまま、こちらを見つめていた。

その十五秒後、僕は頭に入れていた、海沿いの空き家の車庫に車を突っ込んだ。

長くはもたない。車庫にはシャッターがない。外から丸見えだ。ゲストハウスから距離も稼げていない。

それでもこれ以上は待てない。

化粧ポーチの中は、注射器でいっぱいだった。まず羽のついた極細の注射器が三本。麻酔銃の弾だ。どれも空。そしてそれより一回り大きい注射器が五本あった。どれも薬液が詰まっていた。

「ハートのやつね」

見ると、五本のうちの二本のみに、ラメ加工されたこぶりなハートのシールがくっついていた。

「信じますよ」

「うける」。そう言いながら、花時計は手探りでキャリーケースから水槽を取り出した。水槽には、一匹のヘビが入っていた。おそらくこのヘビから抽出された毒なのだ。

僕は注射器のキャップをねじって外した。椿の手首を取る。脈が感じられなくておののいた。呼吸をやめてからもう何年も経っているように見えた。

「死なないでください」。声が漏れていた。

血清を静脈に注射しながら尋ねる。「量は？」

「一本でいいよ。心臓マッサージもした方がいいだろね」。花時計は、水槽をぎゅっと抱きしめて言った。

僕は、椿の胸の真ん中に右の手のひらをあてた。そして親指のちぎれかけた左手を重ねた。規則正しく押し始めた。

「どうか死なないでください」

殺すのは簡単なのに、生き返らせることは途方もなく難しかった。

「どうか、どうか」

ひゅうっと息を吸い込む音がした。目の前がにじんだ。

21

入り江まで戻る余裕がなかった。

目立たない裏道だけでたどり着ける、分校の廃墟に身をひそめた。

椿の呼吸は回復した。水も飲んでくれた。舌がうまく回らないようでたどたどしいが、発話もできるようになった。「これ……肋骨ヒビ入ってるな……でも、助かった……ありがとう……」

しかし、体を起こせるようになるにはまだ時間がかかるようだった。そして毒が内臓を傷つけている可能性がある。医者に診てもらう必要があった。

それでも、ひとまず生き延びてくれた。うれしかった。

一方の花時計は、手の施しようがなかった。簡単な止血はしたが、すでに相当量の血が失われていた。また眼球だけでなく、脳も損傷しているかもしれなかった。なにより本人が治療を拒んだ。

「ブスになった俺に、商品価値はねーよ」

かわりに、鎮痛剤を注射した。「ふくろうのシールね」

彼は黒い帯をもてあそびながら、満足そうに喉を鳴らす。キャリーケースの底に入っていたものだ。ケプラー繊維を超強化フッ素ゴムでサンドイッチしたものである。取り回しやすく、手錠以上の強度を持ち、耐火性もあるということで愛用するプロが増えていると聞いた。

「雨乞も血とリンパのにおいするけど？　もう一本鎮痛剤あるで」

「僕はだいじょうぶです」。全身がうずくようだった。でも断った。

分校と聞いた花時計は異様に興奮した。「中見たい！　見たい！」と聞かなかった。

だから一階の教室まで連れてきてやった。ここからなら、すぐ裏に停めたハイエースの様子も見ることができる。

床は朽ちていた。埃とカビのにおいがした。花時計が室内の空気を思いきり吸い込んで、「学校ってこんなくさいの？」と言った。

机と椅子が後方の隅に固められていた。花時計が騒ぐので、一セットだけ教室の真ん中に持ってきて、座らせてやった。

花時計は机の上の水槽を満足そうに抱きしめた。

「ね、きちのしん、げんきそう？」

水槽には、「吉之進」と油性ペンで書かれていた。綺麗(きれい)な字だった。

「はい。とぐろを巻いてます」

「よかった。わたしが死んでも死んじゃうし、煮こごりに見つかったら食い殺されちゃうから」

なるほど。花時計は、吉之進くんをピックアップするためにゲストハウスまで運ばせたのだ。

そして煮こごりは、花時計のスマートフォンを追ってゲストハウスに来たのだ。

「なぜ、煮こごりさんはあなたを襲ったんですか？」

「は〜モルヒネさいこう〜」と花時計はのびをした。「お前さ、俺に聞く？　さんざん騙されといて」

「ほかに味方はいません」

「味方って……は〜ずるいなあ雨乞チンは」

花時計はため息をついた。机に帯を置く。そして水槽に頬を押し付けて言った。

「和尚がほんとの和尚になろうとしてるからだよ。**ハワイ**で」

なに？　ハワイ？

「……どういう意味ですか？」

「五分だけな。五分後には寝るからよう聞いとけよ。これ、雨乞を捕まえる鬼ごっこじゃないんだよ。**バトルロワイアル**なんだよ」

「……ちょっと、順を追って教えてほしいです」

「いや、もう死ぬからむり」と言って笑った。声がかすれていた。「な、お前は神様のことどう思う？　**神様仏様**のことだよ」

突拍子がなさすぎる。話が読めなかった。

「……考えたこともありません」

「ぽいな～。俺はよく考えてたよ。神様ってもしいるとしたら、ド変態だよな～ってちっちゃいときから思ってた。じゃあ、和尚は神様のことどう思ってると思う？」

「想像したこともない」

「いましろよ」

「……和尚はいつも『お前の安全を祈っている』と言ってくれました。でも……今こんなふうになって……あの言葉は嘘だったのかもしれないと思います。だとするならば、信仰もそっくり嘘で……寺に潜んでいるのも……ただ人目を避けるためだったのかもしれない……」

「ん、まあそれはそうでしょ。寺がもともとカムフラージュなのは大前提」

あらためて、僕が信頼していた和尚とは、誰だったんだろうと思った。

「まああのおっさんの場合、自分の趣味や嗜好も強く混じってるんだけどな。もしかして雨乞、寺が十何代にもわたって続く影の血族って設定も信じとんじゃねーだろうな？」

「ちがうんですか？」

「ま～じか雨乞。あんなの和尚のファンタジーに決まっとるやろ。あの廃寺を土地ごと和尚が買ったのは、二十八のとき。たった三十年近く前のことだよ。体力の衰え感じてきた和尚が、生活と喜びのために作った王国よ～」

僕が聞いていた話とずいぶん違った。薬剤が効いているからか、花時計は饒舌だった。

「和尚による和尚のための楽園。かわいい男の子たち集めてきてよ。所有欲丸出しのキモ刺青入れてよ。板金屋にパチモンのご本尊作らせてよ。てめーは頭丸めて聖人のコスプレしてよ～」

目がくらみ、足元がたわんでいた。それでも話についていこうと必死に頭を回した。

「それとハワイがどうつながるんですか？」

「年寄りになったってことよ」

「……つまり？」

「金や快楽よりも、心の安寧が大切になってきたってこと。要は和尚は、殺しの業界から完全に足を洗いたくなったんだよ。この仕事に携わっている限り死ぬまでついてまわる不安や恐怖を、自分の人生から追い出したくなったわけ」

「……なるほど」

「そしてこれが最高なんだけど、あいつ、ほんとの信仰心が芽生えつつあるんだ。すごくね？フェイクで始めた宗教だけど、いつしか本気ですがりつきたくなってるらしい。晩年が近づいていよいよ自分の命のリミットを考えるようになったときに、これまでやってきたことへの救いが欲しくなってきたんじゃろ。さんざん殺してきといて救いもクソもないはずだけどね～」

その通りだ。

「それでハワイなわけよ。ハワイにある、現地人向けのとある宗派の仏教寺院が、後継者不足で困ってた。そこに名乗りでてたわけ。宗教家としての偽のキャリアと身分を用意してな。もう三年も前の話よ。そんなころから、和尚は粛々と準備を進めてたわけ。嘘でも袈裟を纏い続けてりゃ、ほんとうの坊主になれるってことね」

ひとりでに首が左右に振れていた。信じられなかった。

あーちなみにね、と花時計は続けた。

「和尚とそのハワイの寺院をつないだのは久津輪鳳太郎だよ。寺院の元の所有者ってのが久津輪のつっこみ友達らしくてね〜。女を太平洋に放してはモーターボートで追いかけて楽しんでたらしい。その口利きのお礼に、和尚は久津輪の依頼は格安で引き受けてる」

「……そうなんですか」

「ま、事業転換の理由として、もっと現実的なものもあるとは思うよ。とっくに暴力の時代じゃねーから。いまだに暴力みたいにコストかかる方法を重用するのは、田舎の年寄りだけね。うちはそういう地方のアドバンテージがあったからやってこれたけど……それでも寺に入ってくる仕事の総量、この十年で三分の一以下になってるはずよ。殺し屋の頭数が減ってるから、個々の仕事量はそれほど変わったようには思えんと思うけど」

殺し屋の数が減っている？

「……バトルロワイヤルとは」

「和尚が安心して次の人生に進むために、俺ら殺し屋は邪魔になったわけよ」

ああ、なるほど——

「俺らは全員、和尚のことを知ってる。寺のことを知ってる。俺たち自体が、和尚にとっては封印したい過去そのものなわけ。しかもそれでいて、ひとりひとりがすさまじい殺傷能力を持ってる。肉体のピークをとっくに過ぎとる和尚が御すことできる相手なんて、ひとりもいないんじゃない？

俺らは和尚にとっては致命的な爆弾なのよ」

何も言えなかった。

「あの人はそういう心配の種を呑み込んだまま、平気でいられるほどタフな人間じゃないだろう？ボンベのガスは使いきってから捨てたいわけよ。だから、殺し屋の縮小を始めた。三年前からね」

殺し屋の縮小。

「要は、ぶつけあわせてるんだよ。なにかと理由をつけて。誰かの処分を誰かに命じる。お互いプロだから修羅場になる。どちらかは死ぬ。勝った方も五体満足ではいられない。そしたら別の誰かがやってきて、弱った命を奪う。三年前から、仕事と並行してそういうことが繰り返されとる。そうね～。雨乞はほかの殺し屋の討伐に駆り出されたこと、まだなかったろ？　和尚の従順なワンちゃんだから。実はその裏で、扱いづらいやつからどんどんバトロワされていってたんだよ。その波がついに雨乞くんまで届いたってわけ」

「僕は……」。言葉が口をついて出た。「和尚を信じてました」

「あーいんじゃない。和尚も擬似家族、じゅうぶん楽しんでたと思うよ～。あの人子どももできない体質だから」

【おとうさん】

胸の底から子どもの声。

意識した瞬間、ぐう、と唸ってしまった。苦しかった。できるなら、知りたくなかった。

「え、なんか屁みたいな音したけど、嘘やろ？　見えんからってやめてよ」

「いえ、ちがいます。大丈夫です」

「うちに所属する殺し屋の数、いま何人だと思う？　俺がプロデビューした十年前は、七人いた。いまは俺たち三人だけよ。もうすぐ二人になろうとしとるけど！」

「最後のひとりになったら……？」

「無茶な任務に集中投下されてダルマになったとこで、和尚に寝首かかれるんじゃない？」

「花時計さんは……」。尋ねざるを得なかった。「どうしてそんなに知って……」

「俺は和尚の愛いやつだったから。あと情報系の仕事重ねるなかで、耳が肥えていったよな」

「いえ、どうしてそんなに知っているのに、花時計さんは和尚のもとを離れなかったんですか？」

花時計は笑った。血が乾いた涙のように筋を作っていた。

「ふしあわせなほうが、安心しない？」

やさしい声だった。

それから花時計は押し黙った。しばらくして、あくびした。

「ぼちぼち五分やな。お前、小説の魅力、言語化できた？」

「……ごめんなさい。まだわかりません」

「いいよなお前は。俺、まじで不思議だったんだから。どうしてそんなに魂が……ま、いいや。今度お前の小説、吉之進に朗読してあげて」

どう答えたらいいのか、わからなかった。

花時計がまたあくびをした。

「……あ、あの熊、逃走者とやらをかばったんだっけ？」

「アンドリウですか？　そうです」

「ふうん。惚(ほ)れとんじゃな」

惚れている？

くわしく聞こうとした。はあ、と花時計がため息をついた。水槽に鼻をくっつけた。

「せいせいした。やっと終わるね」

そのまま、自分で蛇口を締めるように、花時計は呼吸をやめた。

「花時計さん？」

彼女の顔は、実に穏(おだ)やかだった。

体内が真空になってしまったような気がした。


ほんとうはこんなことをする時間も資格もないのかもしれなかった。

僕は、用具室で見つけたスコップで、校舎の裏の斜面に穴を掘った。

花時計を寝かせて、土をかける。手を合わせた。

どんな言葉をかければいいのか、浮かんでこなかった。

僕はほんとうに、なにも知らないのだった。


「花時計が亡くなりました」

椿は横になったまま、顔をゆがめた。「俺がきっかけを作ってしまった」

僕は首を振った。花時計から聞いた寺の内情と、和尚の狙いを手短に話した。

「正直に言います。僕は今、迷っています。椿さんは、警察に保護してもらったほうが良いのではないかと」

そうすれば、ひとまずは煮こごりからの攻撃を防ぐことができる。

また、毒が内臓を傷つけている可能性がある。詳しい検査を受けることができる。

なによりこれ以上、寺のごたごたに彼を巻き込みたくなかった。

椿は黙って僕を見ていた。僕は続けた。

「これはあくまで、いっときの時間稼ぎです。和尚も煮こごりも、真犯人を見つけない限り、あなたの命を諦めない。あなたが警察の保護下から離れたとき、かならず狙いに来る。それでも……今はそのいっときが切実にほしい」

そのあいだに、真犯人を発見する。そしてできれば煮こごりも無力化しておく。そんなことがほんとうにできるのか？　そしてほんとうに椿の安全を百パーセント守ろうと思うのであれば、和尚を倒さなければ安心はできない。

和尚を倒すことなど、僕に、できるのか？

無理だ。無理だが、やらねば椿を危険にさらす。でも、無理だ。

あたまが分裂しそうだった。だから、そのままを椿に伝えた。

椿は黙って聞いていた。

僕は椿の枕元に、彼のスマートフォンを置いた。

「このハイエースはもう使えない。僕はかわりの足を用意してきます。椿さんはここで待っていてください。そしてもしも、警察の保護を求めたくなったら、このスマートフォンで応援を呼んでください。警察には、すべて真実を伝えてくださってかまいません。あなたに任せます。どちらにしても、僕はあなたから危険を退けられるよう、最大限に努力します」

僕は、椿の返事を聞く前に、車のドアを開けた。返事を聞くのが怖かったのだ。

背後で、椿が言った。

「俺はお前にも幸せになってほしい」

僕は思わず胸に手をあてた。「音叉のように震えています」

椿が笑った。車内にトランスが響き渡った。スマートフォンに、大阪府警の横木警部からメールが届いていた。

藪池さま
大丈夫でしょうか？　野暮かもしれませんが、心配でございます。

現存する「メゾン・ド」の捜査資料、添付しております。ただしご承知のように、多くは残っておりません。

また、「久津輪鳳太郎」とメゾン・ドの関わりでございますが、関連づけるような資料や情報は見つかりませんでした。

以上でございます。繰り返しになってしまいますが、心配しております。より直接的な助けが必要でしたら、いつでもご連絡ください。

ちなみに、港の銃撃戦で流れ弾を受けた少年は、無事です。島の診療所で応急処置を受けたあと、ドクターヘリで本土の総合病院へと運ばれました。ただし、左手を元通りに動かせるようになるにはリハビリが不可欠とのことでした。

どうかご無事で。

僕の頭がぎゅんと回る。久津輪鳳太郎とメゾン・ドの関わりはないという。

では、「**澁澤一**」という男とメゾン・ドに関わりはないか？　そう横木警部に返信する。花時計から聞いた、久津輪鳳太郎の偽名であった。

「たしかに。人は偽名を簡単には変えられない。ナルシシズムがこもるからな」

椿の顔はこわばっていた。少年のことが心配なのだ。

メールに添付されていた資料は少なかった。「先に読め」と椿は言った。

すばやく目を通す。

当時のメゾン・ドの事務所にまつわる資料。写真。ヨットで見たものそっくりだった。二股直己の過去。手下の過去。ぴんと来る名前もエピソードもない。メゾン・ドに囚われていた少女たちの名簿。十一人が囚われていたという。客の子を妊娠し、出産した少女までいたそうだ。十一人分の顔写真も添付されていた。

ひとつの顔の上で目が止まる。

鏡桔梗。

もう一度、見る。十五歳。鏡桔梗。見る。もう一度。**鏡桔梗**。

思わず口をついて出た。

「僕がはじめて殺した女性だ」

椿の顔色が変わる。

間違いない。あの夜。初めて山から下りた夜。骨の塔の下に住んでいた女性。

顔写真の少女は、ほっそりしている。殺した女性は、もっともっとやつれている。十数年分の時間の隔たりがある。

それでも、瞳が変わっていない。同一人物だった。

女性の部屋には、薬袋があった。「鏡梗子　様」と書かれていた。事件後に、下の名前を変えたのか。

「見せてくれ」

椿の顔に、スマートフォンの画面を近づけた。

椿は、光る画面に目を細めた。たっぷり五秒見つめてから、ひっと息を吸い込んだ。

まるで悲鳴のようにも聞こえた。スマートフォンをひったくられた。

「……椿さん？」

彼は寝返りをうつようにして、僕に背中を向けた。

長い時間、何も言わなかった。何度も何度も画面をスクロールさせたり、ズームしたりしていた。指が震えているのが見えた。

やがて、ごく小さな声でつぶやいた。

「ほんとうに、間違いないか？」

「ええ。僕の母親です。まさか彼女もメゾン・ドの被害者とは」

また椿は黙り込んだ。

後頭部を見て、直感した。彼は、何かを明かそうかどうか、迷っている。

「椿さん。言ってください」

「知る必要のないことだ」

「時間がありません。どんなことであろうと知っておきたい」

「そういうことではない」

どういうことなんだ？　椿の反応が不気味だった。僕は彼の肩を摑んで叫んだ。

「なんだろうと教えてください！」

椿がこちらを向いた。唇がわななないていた。二十歳も年を取ったようだった。

「俺はこの女性に、会ったことがある。この女性は……誘拐された息子を探し続けていた」

22

それはメゾン・ドの解体から八年ほど経ったころのことだった。

当時、椿は郊外のニュータウンの交番に勤めていた。もちろんわかりやすい左遷であった。

しかし彼にとって、それは悪いことばかりではなかった。署で虫の好かないやつらの舌打ちを食らっているよりは、地域の人々と触れ合っていたほうが気分もよかった。そのころには娘は神戸の大学院に通っていた。

その日、椿は本署を訪れていた。遺失物届を提出に来ていたのだった。

そこで彼女を見た。

彼女は、少女に見えた。そして警察署の総合窓口で異様な雰囲気を放っていた。薄汚れたウインドブレーカーを羽織った彼女は、額の前で手のひらをこすりあわせて、なにかを女性職員に頼み込んでいた。真冬のことだった。

　二日後、椿は高松駅前で彼女を見た。非番の日だった。

　彼女は例のウインドブレーカーを一枚羽織っただけという格好で、駅前に立っていた。なにかのチラシを配っていた。彼女の表情は張り詰めていた。人々は直感的に彼女を遠ざけ、視界に入れないようにしていた。

　椿は近寄って、チラシを受け取った。彼女は「お願いします」と悲鳴のような声を発した。チラシは皺（しわ）だらけだった。

『あかちゃんをさがしています』

　悪筆なりに時間をかけて書いたことがわかる手書きの見出し文字の下に、写真があった。暗く、粒子も粗い写真だった。毛布の上に、赤ん坊が眠っていた。

　チラシには、赤ん坊が三年前に岡山県で誘拐されたことが記されていた。さまざまな情報も記載されていた。性別／男の子。年齢／一歳三ヵ月。身長／七十七センチ。体重／十キロ。

　それらは実に一般的なものであった。捜索の頼りになるとは思えなかった。肝心の写真も画質が悪すぎる。また、捜査の役にはまったく立たない「好きなもの」が、びっしりと書き込まれていた。『ハンドクリームのにおい。恐竜の鳴き声。ビデオテープを巻き戻す音。ペットボトルのラベルをひらひらさせること。おでこを中指でつんつんされること。お母さんのくしゃみの音。……』

　椿は言った。

「うどんは食べられますか？」

彼女の乾いた唇。落ち窪んだ目。何日もろくに食べていないのは明らかだった。

彼女は、チラシを抱えて椿から逃げようとした。足がふらついていた。左手に何か布切れのようなものを握りしめていた。

椿は言った。「その赤ちゃんの話を聞かせてください。寒いしお腹がすいたので、うどんでも食べながら」

「食べたら、電車に乗れなくなります……」

椿は彼女を駅の近くの、座敷のあるうどん屋に連れて行った。彼女はかけうどんを二杯食べて、つゆを全部飲み干した。腹に何かが入り、体の温まった彼女は、とつぜんブレーカーを落としたように机につっぷした。眠り込んでいた。どれだけまともに眠っていないのかわからなかった。左手に布切れを握りしめたままだった。椿は、ランチタイムを終えて片付けをしたがっている店員たちに事情を話して謝った。

一時間ほどして目を覚ました彼女は、椿の質問に答えた。

彼女は岡山に住んでいた。三年前、消化管穿孔を起こした上に腹膜炎を併発した。緊急手術が行われ、入院した。入院は三週間に及んだ。そのあいだ、一歳三ヵ月の息子は、夫が面倒をみることになった。若き写真家である台湾人の夫は、初めて開く展覧会が迫っているのにもかかわらず、すべての予定をキャンセルして子どもの世話に没頭した。そして退院が近づいてきた日、夫は息子を連れて彼女の病院にお見舞いに来た。三週間ぶりに子どもと会い、彼女は目をうるませずにはいられなかった。息子は笑い、夫は妻以上に泣いた。病院からの帰り道、息子と夫は姿を消した。

彼らは家にも、また病院にも、二度と姿を見せることはなかった。彼らが乗っていた、三菱の軽自動車も見つからなかった。まだ防犯カメラが今ほどは普及していない時代だった。どこで消えたのかという見当もつかなかった。身代金を求めるような電話はなかった。

彼女は混乱した。警察にすがり、泣きつき、やがて悪態をついた。「失踪なんてするわけない！誘拐に決まってる！」。彼女の両親は彼女が幼い時に離婚していた。彼女は数年ぶりに母親に連絡を取った。母親は彼女の苦しみに寄り添うことを六十秒でギブアップした。最終的に、「帰っただけよ。自分の国に」と言った。

以来、彼女は竜巻のような一年間と抜け殻のような一年間を過ごしたあとで、町から町をさまようようになった。コンビニエンスストアでコピーを重ねるたび、チラシの写真は劣化していった。やがて夫の顔をうまく思い出せなくなった。それが息子にも及ぶのが怖くて、チラシから目を離せなくなった。

最近は、なぜ町から町をさまよっているのかわからなくなりつつある。生まれた時からずっとこうしていた気がする。

と、ここまで彼女から聞き出すのに、ゆうに四時間近くかかった。

このときにはさすがにうどん屋にいられなくなっていた。椿の行きつけである、老婆がひとりで営んでいる喫茶店の隅で話を聞いた。

椿は、女性の話をすべて信じた。岡山で起きたというその事件を彼は知らなかったが、ひとまずすべて信じることにした。

喫茶店にも閉店の時間が迫ってきた。椿は金を払い、我慢していたトイレを借りた。彼女が素直に喫茶店についてきたことに油断していたのだ。トイレから戻ると彼女はおらず、ぞっとした。

席には鉛筆で書かれたナプキンのメモがあった。「お金がなくてほんとうにごめんなさい。どうか幸せをねがいます」

椿は、その女性を探した。チラシの下部にあった携帯番号に電話をかけた。とっくに解約されていた。署にも報告した。

彼女は見つからなかった。

その女性の夫と息子が消えたという事件についても調べた。それは誘拐事件ではなく失踪事件として扱われ、ごくごく小さな記事にしかなっていなかった。彼女の氏名を見ても、椿はメゾン・ドとの関連性に気づかなかった。彼女は下の名前を変えていて、結婚で苗字(みょうじ)も変わっていたからだ。

以来、椿は高松駅の近くを歩く時は、彼女の姿を目で探していた。彼女を見かけたことはもちろんなかった。

23

「あの人が握りしめていたのは、赤ん坊の小さな靴下だったよ……」

「へえ……」と僕は言った。「そうですか」とつぶやいた。

「お前は……彼女の息子だったんだな……」。椿の声は震えていた。

「実についてない女性ですね」

そう口にした瞬間、胸の中で子どもの泣き声が炸裂した。

【しんでしまえ】

椿が僕の両肩を握りしめた。強い、強い力だった。

「お前のせいじゃない」

顔を歪ませながら、彼はそう言った。

僕は笑顔で首を振った。問題ありません。言おうとして、喋れないことに気づいた。

「よく聞け、よく聞け、お前のせいでは絶対にない」

椿の目の縁が赤く染まっていた。

和尚は、母は僕を捨てたと言っていた。

でもちがったみたいだ。僕を探していたみたいだ。だとすると……だとすると僕は、**なにをした？**

じんじんしていた。息をうまく吸えなかった。

あえぎながら、僕は椿の手を払った。

「ちょっと……外の空気を……」

「だめだ、行くな」。椿が僕の手を取ろうとした。僕はその手をすばやくさばき、彼のスマートフォンを握らせた。

「保護してもらってください」

「だめだだめだ、言うんじゃなかったクソゆるしてくれ！」。椿が上半身を起こしていた。手を伸ばしていた。

「ありがとう」

ドアを開け、外へ出た。足がもつれた。

「待て、雨乞！」

僕はドアを閉めた。

朝の晴天が嘘のようだった。空は暗い雲に覆われていた。

胸に爪を立てる。よろけながら校庭を横切る。

悲しみとは、こんなにすさまじいものなのか？

後悔とは、こんなにおそろしいものなのか？

だとしたら、なんでわざわざ生きる必要がある？

きえてしまえ。きえてしまえ。

心臓をちぎって捨ててしまいたかった。凍らせて、粉々に砕いてしまいたかった。

サイレンが鳴っていた。防災行政無線がわめいていた。制服と私服の警察官があちこちにいた。県道をパトカーと覆面パトカーが走り回っていた。

山中に紛(まぎ)れた。やぶからやぶを進んだ。泥まみれになっていた。どこへなぜ進んでいるのか、わかっていなかった。小川に顔をつけて泥水を飲んだ。

ふと息を吸い込んだ瞬間、あの女性の家で見かけたものを思い出した。それは薬袋の横にあった。乳児用のソックスだった。実に小さくて、実に実に汚れていた。その場にうずくまり、泥の混じった胃液を吐き出した。腹の底から溢れてくる唸り声を止められなかった。両目が痛かった。

椿のことを考えることすら冒瀆に思えた。地面を這いずりながら、手足が腐り落ちることを望んだ。これまでに仕事で聞いてきた、無数の悲鳴が頭の中でうずを巻いていた。時間がどれだけ経過しているのかも、わからなかった。

地鳴りがした。直後、すさまじい衝撃を腹に受けた。斜面を転がり落ちた。アスファルトに叩きつけられた。

周囲を見回した。まっすぐ伸びる県道。その先はヘアピンカーブ。ガードレールの向こうはすぐ崖。今いるのが、島の西端の県道の上だと理解する。いつの間にかこんなところまで移動していたのだ。

林の斜面を、煮こごりが滑り落ちてくる。

どうでもよかった。しかし僕の体は勝手に構えを取っていた。転がりながら触れたビンをいつの間にか砕き、破片を指のあいだに挟んでいた。

情けなくて涙があふれた。

後ずさりして間合いを取りながら、僕は声をかけた。

「どうして居場所がわかったんですか」

返事はないと思っていた。でもマフラーの奥から、こう返ってきた。

「俺に言ってるのか」

炎に炙られた、ざらざらした声だった。

「もちろんです」

「山中で迷ったら、まずは川のにおいを探す。寺で学んだ基本だろう」

唸り声があふれた。僕は言った。

「僕たちは利用されてたんです」

「そうだな」

「和尚は僕たちをぶつけあわせている」

「俺が生き残る」

「それでもいずれは使い捨てられる」

「そんなことは承知の上さ」

「だったらあんな殺し方しないでしょう！」。ゲストハウスを襲ったタイフーンのような人殺し。あれは、和尚に捨てられることを悟った涙じゃないのか？

「変なやつだな」。石臼(いしうす)を回すような音が聞こえた。もしかしたら、笑ったのかもしれなかった。

「そうだとしても、お前はこれ以外の生き方を知ってるのか？」

僕は首を振った。笑っても、しゃべっても、コンマ一秒たりとも煮こごりに隙は生まれなかった。

じりじりと、ガードレールの近くまで追い込まれていた。向こうは海。水面は十メートル下。退路などない。

僕はガラスを構えて尋ねた。

「初めて山を下りた夜、**誰**を殺したんですか？」

煮こごりの目が細くなった。

「知りたいのか？」

「よければ」

「双子の妹だよ。生まれつき喘息を患っていた。仕事は簡単だったが、そのあと鏡を見るのが苦手になった。だからマフラーに灯油を染み込ませて顔に巻いた。火をつけた。……うん。あれは妹の部屋で見つけたマフラーだったな」

【もういやだ】

僕は左手のガラスを離した。地面につく前に蹴って、遠くにやった。

構えを解いた。両方の手のひらを見せた。

「もう僕は、殺したくない」

煮こごりが呆気に取られたのがわかった。それから石臼の音がした。

「やっぱりお前は変わってる」

風が吹いて、煮こごりが僕の目の前にいた。両腕の内側に。抱きしめられるほど近くに。いつの間にか左手首を掴まれていた。プレス機に挟まれたようだった。

そして彼は体操選手のように飛んだ。僕の左腕というバーを飛び越すように。腕の内側から外側に。ムーンサルトのように、回転とひねりの加わった美しいジャンプだった。僕の左手首は、がっちりと掴まれたままだった。左肩から先が、外側にねじれていった。

バチンバチンバチンバチンバチンバチン！　体の中から弾ける音がした。肩から先が、ねじれに耐え切れなかった音だった。痛みが脳みそをつんざき、喉が悲鳴を張り上げた。脱臼と開放骨折がドミノ倒しのように起きたはずだった。

相手の攻撃態勢を確認するより先に、自分の左腕の惨状に目をやらざるを得なかった。しかし視界がちかちか発光してよく見えなかった。いつの間にか膝をついていた。ふたたび左手首を掴まれたのを感じた。

よじれる。肩が破裂する。噴き出した血をまぶたで味わう。ぶっ倒れた後頭部に、ガードレールの縁が突き刺さる。

「殺し屋が殺しをやめてどうする。徹底的にいたぶり尽くしてやる」

さんざん殺してきといて救いもクソもない。芋虫のように地面をたゆたう。

みたび彼の指先が伸びてくる。自分の悲鳴の向こうに、かすかなパトカーのサイレンを聴く。彼の指先が一瞬止まる。

息を止めて、地面を転がった。彼から逃れるように。行き先はどこでもよかった。

コンマ数秒後、僕は地面を失った。

ガードレールの下を抜けたのだった。

宙をはためく僕の左腕が見えた。肩の関節が壊れ、ちぎれかけている。あちこちから骨が飛び出している。ねじれて血に染まったサンゴのようだった。

顔のすぐ隣で、荒々しい岩肌がすさまじい速度で空へすっ飛んでゆく。

そして空には、ガードレールを掴んで僕を見下ろす煮こごりの姿があった。

かわいそうだと思った。きみたちは、ほんとうにかわいそうだと思った。

薄いガラスを何百層にも重ねた床に墜落した。冷たい破片が泡（あわ）を立てながら肌を切った。肺から空気が叩き出された。海に落ちたのだった。

さかさまになって、ぐんぐん深くへと潜っていった。足にスクリューでもついているんじゃないかと思った。

やっと終わると思った。

痛みと悲鳴に満ちた毎日だった。嘘と恐怖に塗り込められた人生だった。たった二十年のうちに、何万年かかっても償えない罪を背負い込んだ。

海底の砂利に、鼻の先が触れた。

海の底は凍えるほど寒かった。砕けた骨のような砂利と、骨盤のような岩ばかり。白々していて、なんの音もしない。ようやく終わる。

目の前の砂利に、なにかが突き刺さった。

ボールペンだった。

椿の。

胸ポケットから抜け落ちたボールペンが、海の底に立ったのだ。

瞬間、かすかな声がした。胸の奥から聞こえてきた。

僕は耳を澄ました。

海底に巨大な声が響き渡った。

【あいしてた】

はっきりした声だった。声はさらに続いた。

【ごめんなさい】【くやしい】【だいすきだった】

子どもの声だった。ちがう。僕の心の声だった。

声は次から次にあふれて、たくさんのあぶくになった。

【こわい】【おろかだ】【あいしてた】【かなしい】【ごめんなさい】【おかあさん】【たすけたい】【ころしたくなかった】【まだしねない】【たすけたい】【まだしぬな】【愛してる】【助けたい】【愛しています】【愛しています】

愛しています。

そうだよ！　僕はあまりに愚かだった！　愛してくれる人を地獄に送った！　まぶたを閉ざし、騙され続けた！

そして今もまた、大切な人を見殺しにしようとしている！

そうだ。煮こごりはこのあと、椿を狙うのだ。

なのに、なのにお前は、死んでいいわけないだろう！

海の底で叫んだ。ボールペンをひっつかんで叫んだ。海底を殴りつけるようにして方向転換し、はるか水面を見上げて叫んだ。

「ちゃんと生きるんだよ！　産んでもらったんだろう、お前は！」

岩を蹴ってのびあがる。左腕はまったく動かない。酸欠の苦しさがいきなり迫ってくる。めちゃくちゃな水圧変化に、すべての内臓が張り裂けそうになる。痛い。痛くて構わない。僕は生きるんだ！　ちゃんと生きるんだ！　死ぬまでさんざんあがいてやる！

水面で爆発的に息を吸う。降っている。熱帯のスコールのように、あたたかなつぶが。

第三章　雨、

24

思いのほか沖に流されていた。ありがたい。煮こごりがしつこく周辺を監視していることを警戒して、着水点から離れた砂浜まで泳いでいく。雨と雨のつくる波紋が、天然の迷彩になっていた。

小さな砂浜に泳ぎついた。握りしめていたペンを胸ポケットにしまう。

左腕を動かすことはできなかった。かまわない。ベルトで腕の付け根を止血した。

雨が心地よかった。冷えきった体をあたためてくれるようだった。血が流れて砂浜に溶けていった。

降りしきる雨とは裏腹に、僕の視界は不思議なほどクリアだった。雨粒に紛れて、僕は動き始めた。

分校へ。

僕は足を用意していた。下見の時に目をつけていた、三菱の軽自動車である。島に一社しかない建築会社の社用車だった。会社は休日らしく、事務所にひと気はなかった。実に古い車種で、ハイエースになら三台詰め込めそうなほどコンパクトだった。後部座席には油で汚れた作業服や、ガラクタが散乱していた。

僕は椿のボールペンで、事務所のポストにメモを残していた。『必ずお返しにまいります。かしこ』

ところが、分校のハイエースのなかに、椿はいなかった。

吉之進くんだけが、水槽でとぐろを巻いていた。

予想していたことだ。椿は警察に保護を求めたのだ。それでいい。ならば彼の安寧が保たれているうちに、僕は真犯人を見つけ、事件を解決、あわせて彼を襲うものを排除するまでだった。

しかし奇妙な点がある。

警察官がいないことだ。

警察は当然、このハイエースを調べるはずである。しかしいない。椿はわざわざ、分校から離れた場所まで移動してから応援を呼んだのだろうか？　周囲に人の気配はない。警官たちが、身を潜めて僕を確保するチャンスを窺っている、というわけでもないのだ。

僕はハイエースの中を探した。手がかりを求めて。ダッシュボードの中に、それは見つかる。

椿のスマートフォンである。『海底のひまわり』のあいだに挟み込まれていた。

僕は推理を巡らせる。煮こごり。彼がこのハイエースを見つけて、椿をさらっていったという可能性をシミュレーションする。

しっくりこない。煮こごりは椿のスマートフォンを残していくような、気の抜けたことはしない。また、僕が生きている可能性を念頭に置いて、この場に人質交換的なメッセージを残していくはずだ。それで僕をおびき出して両取りを狙う。僕が煮こごりならそうする。

別の人間の可能性を探る。

真犯人、という言葉が脳裏できらめく。

これまで真犯人は、僕たち殺し屋に椿を殺させようとしてきた。その理由は脇に置く。とにかくそうしてきた。

しかし今、自分の手を汚そうとしている、という可能性はありえるか？

変化のきっかけはわからない。港での銃撃戦や、アンドリウの捕縛が関係しているのかもしれない。

詳細はあとで問え。この方向で考えを詰めろ。

僕は椿のスマートフォンを開く。

着信履歴を見る。「藪池ほのか」。椿の娘である。十三時八分に、彼女から着信があったらしい。今から四十分前のことだ。椿はこの電話に出ている。そこでどんな会話がなされたのかはわからない。

発信履歴を見る。履歴に警察署の番号がない。つまり彼は、警察に応援を求めなかったのだ。椿をひとりにしたことを悔やむ。自分を責めたくなる。でもそのエネルギーは別のことに回す。

直後、電撃のようにひらめく。悟る。

スマートフォンは、椿からの**メッセージ**である。

置き手紙などを残す余裕はなかった。本の隙間に隠すだけで精一杯だった。しかしそれで、とある異常事態を伝えようとした。

異常事態とはなにか？

娘からの電話は、ただの世間話ではない。

もしもターゲットの子どもを利用できるならば。僕が真犯人であるなら、こう使う。「娘を人質に取った。お前の居場所を教えろ」

椿は応援を待っている。**僕の**。

全身の毛が逆立つ。その身体反応に、自分の直感の正しさを知る。

直後、さらなるひらめきが訪れる。

花時計の言葉だ。昨夜、港に向かうアンドリウを目撃したという花時計の言葉。『野暮ったいワンピ着た女の腕をつかんで、早足で歩いとったよ』

あらためて、その女性とはだれだ？

僕は写真アプリを調べる。そして目当ての写真を発見する。

産婦人科の前で、ピースしながら微笑む、デニム生地のワンピースを着た女性。目元に椿の面影がある。その隣に保存されている写真は、白黒のエコー写真である。

アンドリウが連れていた女は、**椿の娘**だったのだ！

パンパンパン！　頭のなかで連想がつながる！　目の前がまぶしく輝く！　僕は車に火を放った。お別れだ。吉之進くんの水槽を抱える。最小限の荷物だけ載せて走る。軽自動車へ。影から影へ。雨があたたかく世界をつつむ。

椿のスマートフォンが鳴る。

25

アンドリウが、僕の腕を見て息を呑む。

入り江の倉庫。

僕は右手だけで、彼の拘束を解いた。水を飲ませた。

「やっぱり昨夜、ワンピースの女性はヨットにいたんですね」

唇を舐めるアンドリウの舌が、止まった。

「だとしたらどうする？」。ずいぶんひさしぶりに聞く彼の声だ。

「真犯人に協力して、彼女を捕らえていたんですか？」

アンドリウがへへっと笑った。

「なに？　俺が何回楽しんだって話を聞きたいわけ？　違うか、何回楽しませたかだな？」

アンドリウは大笑いした。僕も笑った。言った。

「違いますよね。あなたは、女性を逃がそうとしていたんですよね？」

アンドリウの笑いが凍りついた。僕は続けた。

「真犯人の元から。真犯人は、メゾン・ドで生まれた子どもですね。囚われていた少女と、澁澤一と呼ばれていた男のあいだに生まれた子どもだ。**久津輪鳳太郎の息子**だ」

アンドリウの開いた瞳孔(どうこう)が、真実だと教えてくれていた。僕は続けて言った。

「彼は当時、ジュニアと呼ばれていたようですね。メゾン・ドのなかで。そしてメゾン・ドの解体後は、さぬき市の児童養護施設に入ることになった」

横木警部がメールで教えてくれた。「澁澤一」とメゾン・ドの関係を。

メゾン・ドの摘発時に、少女たちと一緒に保護された幼児がいた。幼児の父親は、澁澤一なる偽名を使っていた人物であった。本名はいまだに明らかになっていない。

僕は、花時計の言葉を思い出しながら言った。

「あなたは、ジュニアさんを、愛しているのですね？」

アンドリウがうなった。砂を噛み潰すような声だった。それから笑った。無理に笑ったようだった。

「男を好きだと？　この俺が？」

「どういったかたちの愛かはわかりません。でも、愛しているからこそ、あのときヨットで彼を逃がした。そして愛しているからこそ、彼が捕らえていた藪池ほのかさんを逃がそうとした。罪を犯させないために。しかし、うまくいかなかった」

僕は彼の前に正座した。ぎょっとするアンドリウに、深く頭を下げた。

「あなたの協力が必要です。椿さんと娘さんは今、そのジュニアさんに捕らえられている可能性が高い。僕はふたりを助けたい。もう……誰にも死んで欲しくない」

アンドリウの顔は見えない。いま頭部を攻撃されたらひとたまりもない。誠意を伝えるのは、簡単なことではないのだ。

「お願いします。ジュニアさんの居場所を教えてください」

「その呼び方はやめろ。嫌いだ」

「ではなんと？」

「まず、お前が誰なのか教えろ」

彼に、真実を伝えた。自分が何者で、どんな組織に属しているのか。そしていま、この島でなにが起きているのか。経験したことを、包み隠さずに話した。

「なんだよ凶手だったのか……やべぇわけだ」

「ジュニアさんのことを……すみません、真犯人さんのことを教えてください」

僕はふたたび頭を下げた。頭の上に、冷たいものが触れた。金属質のものが後頭部に置かれている。僕はぴくりとも動かなかった。

「誓えるか。あいつを殺さないと」

「僕はもう、誰も殺しません」

アンドリウが笑った。「廃業するのか？」

「殺しません。誰のことも死なせない」

「ホウイチだよ。ふだんは耳なしの方の芳一って字を使ってる。名刺も免許証もその字だ。でも心のなかでは鳳凰に数字のイチ。鳳一として生きている」

「……久津輪鳳太郎の鳳に、澁澤一の一ですね」

「あんなクソじじいのどこがいいんだか知らないがな」

冷たいものが取り除かれた。地面に手錠が落ちる。砂粒が躍る。

僕は顔を上げた。アンドリウが、僕をねめつけながら水を飲んでいた。

僕は言った。芳一という名前に、聞き覚えがあったのだ。

「**診療所の先生**ではありませんか？　富留屋芳一さん」

アンドリウがうなずいた。

「六ヵ月前にこの島に来た。新宿の美容外科で毎月二百もらってたスタープレーヤーがよ」

アンドリウが、鼻が触れ合うくらい顔を寄せてきて言った。

「絶対に鳳一を傷つけるな。殴りもするな。それが条件だ」

「誓います」

「あいつは俺が逃がす。ゴムボートがあるんだ。ちょうどエンジンの修理を港の近くの工場に頼んでた。それで島を脱出する。文句ないな？」

僕は考えた。うなずいた。

「かまいません。彼が二度と道を踏み外さないように、椿親子を狙ったりしなくてすむように、あなたが一生彼を支えていけるのであれば」

虚をつかれたような一瞬の沈黙のあと、アンドリウが破顔した。演技には見えなかった。

「ＯＫ。俺の人生、さんざん奇人変人に会ってきたけど、お前が優勝だ」

「ありがとうございます」。唾液をぬぐいながら言った。

「それで、足はあるよな？　俺は歩くのが大嫌いなんだ」

「嘘だろお前……もっとデカくていい車があるだろ」

アンドリウが軽自動車を見てうめいた。「今どきシガーソケットがついた車になんか乗せんな」

「倉庫に隠れていてくださってもいいですよ。僕が鳳一さんを連れてきます」

「バカ言うなバカ。行くんだよ」

アンドリウの体型は目立つ。ごみやガラクタを助手席に移してから、後部座席に横になってもらった。彼の舌打ちは止まらなかった。

ハイエースから持ちだした道具は、マルチドライバーとフッ素ゴムの帯、そしてＭａｃＢｏｏｋだけである。

診療所と鳳一の家は、北の集落に位置する。港のすぐ近くであり、駐在所の近くでもある。いま、島内でいちばん危険なエリアであることは間違いなかった。


雨脚が強まっていた。検問を張られている可能性がある。軽自動車のおかげだ。ハイエースでは通ることのできなかった、毛細血管のような細道を走り抜けてゆく。

車内で、アンドリウが鳳一の話をする。

「あいつがたまたま中絶されなかったのは、脅迫のネタになると期待されたからだろう。親父が考えそうなことだ。ただし結局のところ、鳳一をだしに使った脅迫行為は行われなかったはずだ。あの久津輪鳳太郎はお得意さんだったわけだし、カードを切るタイミングを見計らってたうちにパクられちまったってわけ」

育ちについて。

「鳳一は児童養護施設で苗字と名前を与えてもらった。たしか保護された日付と花言葉を組み合わせたもんだ。その名のことも鳳一は嫌ってる。あいつは顔も頭もよかったから、あっという間に引き取り手が見つかった。日本で暮らしてるリッチな中国人夫婦だ。そこであいつはじゅうぶんに大切にされた。愛されたといっていい。だけどあいつは、メゾン・ドでの暮らしを忘れられずにいた。『あそこが俺のほんとの家だ』。当時からそう繰り返してたよ。俺は言ってやった。『お前、あそこでどんな扱い受けてたのか忘れたのか？　女の子の気ままなストレス解消グッズだったろう。抱きしめられた直後に床に叩き落とされてたろうが。爆笑さらってたろうが』。鳳一は言った。『それでも俺の家なんだよ』」

　父親について。

「高校生になった鳳一は、自分の父親を探すようになった。俺は止めた。『どうせろくなことにならない』。でもあいつは泣きながら、自分の手のひらを彫刻刀で切ったんだ。『お前しか頼れない』。俺は断れなかった。親父が倉庫がわりに使ってた、フィリピン人の女の家を訪ねた。警察の目を逃れたいくつかの書類を見つけた。そこに、澁澤一の情報があった。本名・久津輪鳳太郎ってな」

　父親に会いに行った日のこと。

「俺も一緒に行ったんだ。鳳一は震えてた。何時間も学園の駐車場の隅で待った。それでようやく校舎の玄関に、久津輪鳳太郎が姿を現した。音もなく近づいてきた黒塗りのファントムに乗り込む父親に、鳳一は声をかけたんだ。『あの……はじめまして』と。『少しだけ、お話ししたいです』と。すると久津輪鳳太郎は、運転手に鼻を鳴らした。『香楼苑はキャンセルだ。このガキの体臭嗅いだら、中華なんか食う気が失せた』。そのとき後部座席で、ガム噛みながらゲームやってたのがバカ娘だよ。去っていく車を見つめる鳳一の顔を、俺は見ることができなかった」

そして現在へつながる。

「鳳一は、死ぬほど勉強するようになった。ストレートで国立医大に入学した。俺は中国に渡った。あいつは医者になった。それでも月に一度は会っていた。でもこの半年、会えていなかった」

僕は言った。

「鳳一さんは、父親を愛している。そして娘を憎んでいる。アンドリウさんは、鳳一さんが今やっていることについて、どこまで知ってるんですか?」

「ぜんぜん知らない。俺はあいつの様子がおかしいから、会いに来たんだ。そもそもあいつがこの島に移住してきたこと自体、おかしな話だ。『人に寄り添う医療をしたくなった』とかなんとか電話で言ってたけど、嘘なのははっきりしてた。で、鳳一の住まいを訪ねた。診療所の近くにある一戸建てだ。訪ねてみると、鳳一は不在だった。勝手口の鍵も扉も開きっぱなしだったから、入った。女のうめき声がした。地下室に女がいた。縛られてた。メゾン・ドの写真もそこで見つけた。それで、職質してきたおまわりが藪池清って気づいてぞっとした。何が起きてんだってな。俺は女をヨットに連れ帰り、『説明しろ』と鳳一にＬＩＮＥした。一時間後、鳳一が来た」

ヨットにて。

「半年ぶりに会う鳳一は、肌が輝いていた。目もきらめいていた。やばいと思った。『大切なことなんだ。とても』と繰り返すばかりだった。すると猛烈に眠くなった。薬を盛ったんだよ。あいつは。俺のペリエに。目が覚めると、鳳一も女もいなくなっていた。俺のｉＰｈｏｎｅもなくなっていた。頭を回すために朝飯の準備をしながら一曲作ってると、お前らが押し入ってきた。そして最悪のタイミングで鳳一も戻ってきた。何をしに来たのかはわからない」

「アンドリウさんは、防犯カメラの映像制作には関わってないんですね？」

「そもそも俺には技術がねえ。ル・シネマは、俺とアンシュってインド人で立ち上げた会社。スキルを持ってるのはアンシュ。かつて俺のＭＶ作りに手貸してくれて、そこからの仲だ」

「鳳一さんがアンシュさんに依頼した可能性は？」

「まあ……ゼロではない。ただ、アンシュは息子が生まれて以来、イリーガルなことを嫌うようになっている。金回りにもよるだろうが……」

アンドリウは自分のことも話した。

「ル・シネマは五年前にたたんだ。つくづく正解だったと、この一二年のＡＩの進歩見てて思うね。もう犯罪の時代じゃねーしよ」

「では今はなんのお仕事を？」

僕は思わずバックミラーを覗いた。ソプラノの声が聞こえてきたからだ。

「♪ I know I know baby　ひとりじゃなくて　I know I know I know I know　baby baby」

「どうされたんですか？」

アンドリウは、歌い続けた。彼は歌がうまかった。

「♪ I I I I……know know know know know……baby……baby……これだよ。知ってるだろ？」

「いえ、知りません」

「おまえ……嘘だろ？　日本語版で、紅白にも出たはずだぞ……」

「わかりません」。紅白？

「俺はプロデューサーだよ。音楽の。トラックからリリックまでなんでも作る。ただしクレジットには載らない。かわりに載るのは、超セレブ級有名プロデューサーの名前さ」。彼はさまざまな名を挙げた。「そいつらがコカインのやりすぎでミューズにそっぽ向かれたとき、俺みたいなゴーストに仕事が回ってくる。まあ凶手さんには無縁の話だが……」

覆面作家だ。思わずこぼしていた。「すごい」

アンドリウは笑う。「興味ないだろ」

「僕も最近、とある芸術のすばらしさを知りました。そして自分でも作ってみるようになった」

「へえ？」

「でも……難しい。味わうことはすごく簡単なのに……絶望しました」

「当たり前だろ。でも続けてりゃできるようになる。そもそも味わえてる時点で、その人間にはある程度の素質がある」

「だとしたら……うれしいです」

「……メゾン・ドの事務所には電子ピアノがあってよ。よくそれ弾きに行ってたのを思い出したな。はやりの歌を覚えて歌うと、女の子たちが喜んでくれた。ド下手だった。でも、楽しかった」

納屋の陰に、軽自動車を停める。

ビニールハウスの並ぶ畑を挟んだ先が、鳳一が住んでいる家である。庭木が小さな森のように茂っているのが見える。

相変わらず、防災行政無線がやかましい。近くの公民館にスピーカーが設置されているのだ。辺りには人っ子ひとりいない。いるとすれば警察だ。

ここから港は、八百メートルほどしか離れていない。

いつなんどき、白い雨合羽に身を包んだ警察官の群れと出くわすかわからない。

椿のスマートフォンを使い、非通知で診療所にかける。自動音声。「本日は休診日です」。診療日であるはずなのに。

彼は、医者としての職務をうっちゃっている可能性が高い。

そうでなければ、椿をさらう時間的余裕はない。また、あの港での逃走劇を、島民に目撃されているかもしれない。

鳳一は、焦っているのではないか？

だから椿を、自らの手で誘拐したのではないか？

だとすると、残された時間は多くない。

「彼は、拳銃を？」

「……ああ、持ってる」

「種類は」

「トカ」

「あなたが渡したんですね」

「一年近く前な。同じものを持っていたいって言われた。断れるか？」

僕は首を振った。

走る。二列になったビニールハウスのあいだを突っ切ってゆく。民家にたどり着いた。

三角屋根のある洋間と、日本建築が融合した古い建物だった。「メイとサツキの家そっくりだろ」とアンドリウ。彼の息は上がっていない。僕は民家を見上げながら、メゾン・ドの写真を思い出していた。洋間の部分が少し似ていた。

アンドリウが、勝手口へと案内してくれる。

鍵はかかっていなかった。扉を開けると炊事場。土間の隅にかまど。

足音を殺して、茶の間に上がる。直後、アンドリウが叫ぶ。「ほういち！　もう大丈夫だ！」。思わず彼の肩に触れる。彼はよろけながら、また叫ぶ。「一緒に逃げよう！　お前を傷つけるものはいない！」

彼なりに、事態を穏便に解決させようとしているらしい。だがオペラ歌手のように叫ぶのは困る。「もう少し抑えてください」

家の中からは、なんの反応もなかった。「入るぞ、鳳一」

茶の間と和室を抜けて左に折れると、書庫。そしてその隣に、地下室に降りる階段があった。日本家屋にはめずらしい。短い階段を降りる。

四畳ほどの空間だった。四方をコンクリートで固めている。

床には**すのこ**。その上に、汚い**マットレス**が一枚置かれていた。

地下室を出て、家の中を調べる。洋間へ。大量の医学書。書き物でいっぱいのデスク。風呂場へ。五右衛門風呂（ごえもんぶろ）。トイレへ。「ほういち。いないのか。ほういち」

僕たちは、地下室に戻った。

「ここに、藪池ほのかさんはいたんですね？」

「暑すぎる。だから嫌いなんだ日本は」。アンドリウは階段の途中に立ち、パーカーを脱ぎ捨てた。黒いＴシャツから、刺青だらけの腕が覗く。「そうだよ。この階段の入り口は隠し扉になってる。扉が開いたまんまだったから気づいただけで、もし閉まってたらスルーしてたろうよ」

「鳳一さんは船を持っていますね？」

「はあ？　持ってねえよ。どうしてそう思う？」

「きのうの午後七時に、椿さんに娘さんからメールが届いている。そのメールを打ったのが、ひとまず娘さん本人だと仮定します。すると彼女が誘拐されたのはそれ以降となる。しかし高松からこの湯島に渡るためのフェリーの最終便は、午後六時四十分です。八時二十分にも高速艇が出るのですが、それには車を載せることはできない。成人女性を生かしたまま、車にも隠さずに船内に運び込むことは難しい。だとすると、自分の船を持っているのではないかと想像します」

「……そうかい」

「ありえますか？」

「ありえるとすれば、停泊場所は俺が使ってるマリーナではない」

「だとすると南側の港ですね」

気になる点はもうひとつある。僕はマットレスを指さして言った。

「一晩でここまでは汚れない」

「おトイレ貸してもらえなかったわけね？」

「排泄物(はいせつぶつ)の汚れではありません」。皮脂やカビや食べこぼしが、それなりの時間をかけて蓄積した汚れだった。

「で、それがどうしたわけ？」

わからない。わからないので、僕はマットレスを壁に立てかける。中の感触を確かめる。次にすのこをめくる。

コンクリートの床一面。釘（くぎ）のようなもので彫り込まれていた。このように。

おれ　おおれ　藤　おー　田　フジタ　三〇万　カネ　三三三三　ふじた　ふじた　ふじた　ふじた　藤田　フジタ　ふじた　かあ　カアサン　こわい　これでいい　いい　幸　幸　幸せ　でれない　わすれる　わすれない　さんや　山谷　ハをぬいた　ホ　ホネきった　助けて　藤田　フジタ　フ　フ　フ　藤田光信　フジタ　フジタ　フジタ　おれはやぶいけきよしではない

26

アンドリウが口元をぬぐいながら言う。「マジで何やってんだよあいつ……」

書いたのは誰か？　藪池ほのかか？　ちがう。これだけ彫り込むのには時間もかかる。では鳳一か？　しかし文脈がわからない。

別のだれかがいたのだ。藪池ほのかの前に。

『おれはやぶいけきよしではない』

僕は考え違いをしていたのかもしれない。

アンドリウを階段から押し出して、洋間に戻る。

デスクの横の壁に、名刺や写真が貼られている。そのなかに、一枚のフライヤーがある。

「Ｙｕｓｈｉｍａ　Ｇａｌｌｅｒｙ」

瀬戸内海を望むギャラリーである。産業廃棄物を保管する大型倉庫を改築して生まれたらしい。

久津輪汐が個展を開く予定だった舞台である。

唐突に、胸を締めつけられる。

浮かんできた言葉を、そのまま、僕はそのまま口にした。

「僕は、和尚にほめられたいから、頑張ってきたんだ。認められたいから、苦しいけど、仕事を頑張ってきたんだ」

「はあ？」とアンドリウが言った。「いきなり何？」

涙がこぼれそうだった。本音だった。偽りのない、心の声だった。

だからこそ、わかる。

僕と同じなのだ。鳳一も。

彼の狙いが、自分のことのように理解できた。

たしかにこの事件は、鳳一による、椿依代への復讐だ。

鳳一は、メゾン・ドという彼の家が壊されたことを、逆恨みしている。

しかし復讐であると同時に、もうひとつ大きな目的がある。

むしろこちらのほうがメインであると言ってもよかった。

悲しくてたまらなかった。

「なんか言えよボケ」。肩をはたかれた。

「行きましょう。鳳一さんの元へ」

「まーてまてうざすぎる。答えを言えよディテクティブ・コナン！」

「鳳一さんは、お父さんに愛されたいんです」

表のほうで人の気配。直後、玄関のチャイムが鳴る。

「富留屋せんせー？　町長の平田です〜。おられますぅ〜？」

アンドリウが握りしめていたペーパーナイフを奪う。指紋をぬぐってペン立てに戻す。

「診療所におられませんでしたもんで〜」

指で合図し、廊下の窓から裏庭へ抜ける。庭木にまぎれて敷地を出る。大きく迂回しながら、ビニールハウスが並ぶ畑の方へ向かう。

茂みのあいだから一瞬見えたのは、オレンジ色の雨合羽を着た初老の男性ひとり。そして白い雨合羽を着た制服警官ひとりだった。

並んだビニールハウスのあいだを走る。ますます雨量は増している。降り注ぐ大量のビー玉をはじくような音が、四方のビニールハウスで鳴り響いていた。

かすかなうめき声。

振り返ると、アンドリウが消えていた。

左を見た。ビニールハウスの半透明な壁。うっすら透けて緑が見える。

右を見た。ビニールハウスの半透明な壁。壁に、細い線が走る。

亀裂を割ってあらわれる煮こごり。

地面を蹴って横へ飛ぶ。ぬかるみに初速を奪われる。さっきまで僕が立っていた位置に、煮こごりが突っ込んでくる。

背後のビニールハウスが大きくかしぐ。煮こごりの体当たりが、ハウスの腰を支えて横に伸びる太いパイプを揺さぶったのだ。ビンビンビンビンビン！　天井のアーチを作っていた肋骨のようなパイプたちが、ビニールを引き裂きながら空へ立ち上がってゆく。

揺れるハウスの入り口側に回る。「すみません」。縦に伸びるパイプの一本をひっつかむ。くっついたほかのパイプを蹴る。接続金具がはじけ飛ぶ。

煮こごりの影。パイプをハウスから引き剝がしながら、距離を取る。

二メートルほどの槍が手に入る。

煮こごりが笑う。僕に笑う余裕はない。目を離さず、彼に槍を突きつけ、牽制する。

いきなり煮こごりが踵を返す。反応が遅れる。彼を追った。

ビニールハウスの陰。倒れたアンドリウ。右肘から先がねじれている。

その首を、煮こごりが、踏みつけていた。

霜柱よりも簡単に、くだかれてしまうだろう。

僕は槍を彼の足元に放った。

また煮こごりが笑った。「わからない。ぜんぜんわからない」

煮こごりはアンドリウから足を離すと、こちらに歩いてきた。

「なぜここが？」。僕は尋ねた。

「発砲騒ぎがあったとき、俺はあのフェリーに乗ってたんだ。お前が追っていた男をつけた」

そう言いながら、煮こごりはマフラーを取った。火傷の痕。

「俺はお前が憎いのかもしれない」

煮こごりが僕に手を伸ばしてくる。

僕はその向こう、アンドリウの目を見ていた。うなずいた。アンドリウがポケットに手を入れた。

煮こごりが、僕の左肘をつかむ。しぼる。霧のように自我が薄れる。

煮こごりの手が、僕の右手首に触れた。

「妹のためにも、許すわけにはいかない」

煮こごりが動きを止めた。眉根を寄せる。首の後ろに手をやる。

彼のうなじで、注射器が揺れている。ピンクの羽がついた注射器が。

その向こうには、アンドリウがいる。顔を真っ赤にして、長いパイプをくわえるアンドリウが。

僕の**右手が踊る**。利き腕のような速度はない。でも煮こごりの**手をはじく**。急所への**扉を開く**。

脇腹に**つま先を叩き込む**。煮こごりの肺から空気が絞り出される。

吉之進くんから抽出した毒だった。この注射器一本分しかない。護身用として、アンドリウに渡していたのだ。そしてアンドリウは、それを吹き矢のように使ったのだった。

吉之進くんの頑張りと、アンドリウの肺活量に喝采（かっさい）を送りたかった。

煮こごりの膝が崩れる。

「だーめ下がって平田さん！」

見る。畑の入り口あたりに、警官と町長。警官はこちらに駆け寄ってこようとしている。

僕は叫ぶ。

「近づくな！　拳銃を持っている！」

警官の動きが止まる。

体を起こしたアンドリウに問う。「走れますか？」「いやすぎる」

煮こごりに言う。「すぐに血清を打ちます」。返事はない。

煮こごりの足首を摑み、車へ向かう。警官を牽制しながら。

「離れろ！　その場に伏せろ！　それからこのビニールハウスの持ち主に伝えろ！　かならず修理します！」


何度も聞いたことのある音がしてバックミラーを見ると、アンドリウが肩のところで煮こごりの両腕を折っていた。「アンドリウさん！」

「このまま海に放り込もうぜ」

と言う彼をなだめて、血清を打ってもらう。これで血清は尽きた。

「もう誰も死なせません。絶対に」

アンドリウには、一本だけ残っていた鎮痛剤を使わせた。

アンドリウの負傷は、右腕だけではなかった。側溝に足を取られてころんでしまい、右足を捻挫していた。青黒く膨らんだ患部。もしかしたら骨にもひびが入っているかもしれなかった。

「お前は鎮痛剤いらんわけ？」

アクセルを踏む右足が震えている。痙攣を抑えるのが難しい。油断すると吐き戻してしまいそうだった。

でも、今はいい。痛みを味わう権利に感謝する。

助手席にアンドリウ。後部座席に煮こごり。そしてハッチバックに吉之進くん。

車は島の西部へと向かっている。雨を切り裂いて走っている。軽自動車の屋根には、アンドリウのゴムボートをむりやり縛り付けていた。

「苦しい姿勢を強いて、申し訳ありません」

僕は煮こごりを、フッ素ゴムの帯で拘束していた。

右腕と左足を、左腕と右足を、それぞれ一本に縛り上げている。体を折りたたんだ、非常に苦しい姿勢だが、我慢してもらうほかなかった。

彼はなにも喋らなかった。彼の所持品は、寺から支給されたスマートフォンと、十枚ほどの紙幣だけだった。

車が海沿いの道に出る。

やがて目的地が見えてくる。Ｙｕｓｈｉｍａ Ｇａｌｌｅｒｙ。

見た目は赤錆（あかさび）の浮いた大型倉庫である。しかし内側は、壁も床も真っ白に塗り込められているはずだった。

ギャラリーの裏はすぐに海。奥には、石造りの灯台が見えていた。

距離を残してブレーキを踏む。道路沿いの茂みに突っ込んで、車を隠す。「絶対に助けに来ますから」。煮こごりに声をかけ、車を下りる。

そこでスマートフォンが震えた。煮こごりの端末だった。

鳩の番号だった。

迷ったが、電話に出た。何も喋らず、耳にあてる。その瞬間に相手が言った。

「雨乞」

和尚だった。

27

なぜ僕だとわかる？　それこそ魔法みたいだった。和尚と煮こごりのあいだで、電話に出るときの取り決めや合図があったのだろうか。定時連絡の約束をしていたのだろうか。

「雨乞。よくがんばったな」

ひさしぶりに聞く和尚の声は、まったく変わっていなかった。やさしかった。

心臓の皮をつまんで、びりびり破られるようだった。

「もちろん雨乞だけじゃない。花時計も。それから煮こごりも、みんな、みんながんばってくれた」

「あ、あなた……あんたは……僕に……」。声がかたちを結ばなかった。

「雨乞。いろいろと、私や寺にまつわる悲しい話を知ったんだろう？　それから、お前の生まれにまつわる話も知ったんじゃないか？」

「僕はあなたを、あなたを信じて……」

「私はいい人間ではなかった。私の体には、頭のてっぺんから足の爪先(つまさき)まで恐怖と不安が詰まっていた。それから逃れることばかりに力を費やしてきた一生だった。……でも、でもお前と、お前たちと過ごすなかで、少しずつそれが和らいでいった。認めるよ雨乞。私はいい父ではなかった。……それでも、お前の父なんだよ」

ひぐっと音がした。僕の喉の音だった。雨よりも熱いものが頬を垂れていくのを感じた。しゃべろうとしたが、喉が震えるばかりだった。

和尚が言う。

「その上でこちらから頼む。雨乞。息子として、私をこれからも支えてほしい。もう荒っぽいことなんか必要なくなる。お前はただそばにいてくれたらいい。それだけで、私はうれしいんだよ」

僕は返事しなかった。できなかった。和尚は言った。

「お前を愛している。絶対に生きて戻ってくるんだ」

そして電話は切れた。

スマートフォンを地面にたたきつけた。はじけた端末を踏みつけながら叫んだ。

「くそう！　くそう！　くそったれ！」

破片は細かくなっていったが、塩のように溶け消えてはくれなかった。

アンドリウが言った。

「お前……大丈夫かよ……」

涙を拭いた。何も言わなかった。ギャラリーに向かった。

ギャラリーの間取りは頭に入れていた。ホームページで確認できたのだ。利用者用のざっくりした図面だったが、ないよりはましだ。

倉庫は二階建て。一階の広さは二百坪程度。道路に面した側に、入り口がある。車をつっこめるくらいの大型開口部だ。

そして入り口を入ってすぐのところに、幅広の階段がある。のぼれば二階である。二階は、一階の半分程度のスペースを持つ。入り口とは反対側の、海に面した一辺でしか壁とくっついていない。入り口から見ると、二階は空中庭園のように宙に浮いているように見えるだろう。エレベーターも備わっている。

非常口は一階に二ヵ所。入り口の反対側に設けられている。トイレは二階のみ。

そして間取り図上、二階の海に面した部分の一ヵ所が、グレーに塗りつぶされている。おそらく電気室。あるいは給湯室か物置だろう。

『……はじめまして、とひとまず申し上げておきましょう』

倉庫に近づくと、中から男性の声が聞こえてきた。マイクとスピーカーを通した声だった。

僕はアンドリウに肩を貸してやっている。アンドリウに合図すると、彼が倉庫の側面に耳をくっつけた。ささやく。「鳳一だ」

『……このたびはお忙しいなか、ほんとうにありがとうございます』

アナウンサーか司会者のような声だった。自信と親しみをこめようと注意を払っているのがわかる。アンドリウが言う。

「TEDでも出てんのか」

突然乱暴な声が響く。

『いいからさっさと本題を話せ！　お前は何者だ！』

老人の声だった。こちらもスピーカーを通っていた。

僕はこの声を知っている。テレビ番組に出ていたときの、彼の声だ。

久津輪鳳太郎。

鳳一は、父親と話しているのだ。

「クソじじいもここにいるのか？」

アンドリウが、正面の入り口の方に行こうとした。僕は止めた。

正面の扉はガラス製だ。つまり中から丸見えである。当然鍵もかかっているだろう。中がどういう状況かわからないのに、正面からもたもた突っ込むなんて言語道断だ。

「人質がいるんです」

「どうでもいい」

「刺激したくない。それにあなたはすばやく動けない。わかってるでしょう」

「だめだ。今すぐ突入する」

鳳一の声。『わかりました。さっそく本題に入りましょう』

「ではせめて十分ください。必ず鳳一さんを助けます」

アンドリウがうなった。口の端であぶくが立っていた。彼が僕の胸をついた。

「三分だ。鳳一を殺したら、俺がお前も藪池もその娘も殺す」

鳳一の声。『僕は医師です。名前はのちほどお伝えします。これまで美容外科の分野でキャリアを積んできました。半年前まで新宿斑目（まだらめ）クリニックに勤めていました』

アンドリウが腕時計を操作した。金色の文字盤の真ん中で、小さなストップウォッチが動き始めていた。

僕は、アンドリウをその場に座らせた。そして近くの雨樋(あまどい)に手を伸ばす。

鳳一の声。『斑目院長と久津輪鳳太郎さんの仲、それにまつわる愉快なエピソードも存じていますが、いったん脇に置いておきましょう』

ギャラリーの一階に窓はない。展示スペースを確保するために、すべて潰したのだろう。そのかわり、二階には窓が残されていた。

屋根へと伸びる雨樋。パイプの材質は塩化ビニールだった。人間の体重を預けるには不安が残る。それにパイプも壁面も濡れている。なにより片手で木登りしたことなどない。しかし、文句を言っている時間はない。

僕は片手でパイプをつかむと、壁を登り始めた。体をパイプに引きつける。直後に手を離す。同時に壁を蹴って飛び上がる。コンマ数秒後に再びパイプをつかむ。コツをつかんだ。音を殺して登る。

「猿じゃん」。アンドリウが漏らした。

鳳一の声。『私のくわしいキャリアや実績は、チャット欄にURLを添付しておきます。このギャラリーの一階にも展示しておりますので、あとでカメラでお見せ――』

久津輪鳳太郎の声。『もういい。切れ』と誰かに命じたようだった。『付き合っとれん』

鳳一の慌てた声。『あ、いや、少々お待ちを――』

僕は二階まで辿り着いていた。天井の高い建物なので、普通のビルで言えば三階分くらいの高さがあった。

パイプを外壁に固定する金具をつかみ、体重を預ける。

窓から覗き見る。

彼らがいた。

彼らは、二階にいた。二階の真ん中に、鳳一がいる。サックスブルーのセットアップ。つるっとした横顔に汗。背後に天井から吊ったスクリーンを従えている。僕は、彼を側面から見下ろすかたちになっていた。

鳳一はまっすぐ正面入り口の方向を向いていた。入り口から入っていれば、丸見えになってしまっていただろう。

彼が実際に見つめているのは、大型モニターだった。モニターは階段の手前に置かれている。隣のノートパソコンとつながっていた。天井に埋め込まれたスピーカーとも同期しているのだろう。モニターの上にはデジタル一眼レフが固定されていた。レンズは鳳一とその後ろのスクリーンをまっすぐ捉えていた。

僕の位置からは、モニターに映っている人物を見ることはできない。

しかし想像できる。電動車椅子の上から、忌々しそうに画面を睨んでいる久津輪鳳太郎の姿が。

オンラインでつながっているのだ。

久津輪鳳太郎の声。『ゆすりならもっとうまくやるんだな』

鳳一のうわずった声。『そんな、ゆすりなんかでは――』

そして、鳳一の向こうに、椿がいた。

彼は両手を後ろ手に縛られ、スツールに座らされていた。スツールに固定されているわけではなさそうだった。椿は体の正面をこちらに向けていた。シャツが泥だらけだった。

さらに、椿の隣には、もうひとり**男性**がいた。彼も椅子に座っている。彼は縛られていないようだった。きれいなジャケットを羽織っていた。前後に頭を揺らしていた。

その**男性**を見て、僕は自分の推理が正しかったことを知った。

久津輪鳳太郎の声。『切れ』

鳳一があわてた様子で叫ぶ。『藪池清の動画を送ったのは僕です！』

久津輪鳳太郎。『……なに？』

僕は椿を見つめた。

椿がこちらに気づいた。目を丸くしたあとで、かすかに口元をゆるめた。

鳳一。『……ええ、はは……そうなんです。ちょっと慌ててしまいましたね。ここからがほんとうのメインです。アペリティフは終わりです』

僕は、椿から口が見える位置まで体を持ち上げた。そして唇を大きく動かした。

「仲間は」

椿が、ごくかすかに首を振る。犯人に仲間はいないのだ。次の質問。

「娘さんは」

娘の姿が見えない。椿の顔が暗くなる。首をかしげる動作を見せた。

彼にもどこにいるか、わからないのだ。

鳳一。『よし、もうさっそくお見せしてしまいましょう』

鳳一が、デジタル一眼レフに近づく。そのレンズを、椿と隣の**男性**に向ける。

久津輪鳳太郎の驚いた声。『その男は……なぜふたり……』

椿依代の隣に座っているのは、**椿依代**だった。

体格も同じ。顔つきも同じ。髪型も同じ。ただ、服装が違った。片方は泥だらけで、片方は清潔だった。そして片方は憔悴(しょうすい)していて、もう片方は正気の世界にいなかった。

鳳一が白い歯をこぼす。『そう言っていただけると、うれしいです。えー、どちらがほんとうの藪池清さんか、わかりますか？』

僕はギャラリーの一階に目を走らせた。

一階には、等間隔に白い展示台が並んでいる。トロフィーや盾に交じって、メゾン・ドの住宅模型が置かれていた。また、入り口の反対側の隅に、赤いアウディが停まっていた。

鳳一の得意そうな声。『ご本人に聞いてみましょう。どちらが藪池清さんですか？』

男性の声。『おれぇ』

鳳一。『あ、右の藪池さんがいいお返事ですね。しかし答えを明かしてしまいますと、左の藪池さんがほんものです』

久津輪鳳太郎。『目的はなんだ……』

鳳一。『右の藪池さんは僕が山谷(さんや)で雇った方です。骨格が藪池さんによく似ていたので。しかし顔の造形はかなり異なっていました。今、ビフォーの写真をチャット欄にあげました。彼の本名は藤田光信(ふじたみつのぶ)さんです。藪池さんより八歳も年上で、準強姦罪(ごうかんざい)による前科があります』

椿がこちらを見ていた。

僕は彼にうなずき返してから、金具を握る手を離した。滑り降りる。

鳳一。『施術の一覧と詳細もチャット欄に貼っておきます。とりわけオトガイ骨切りに工夫があるのですが、それもくわしくは添付先をご覧ください。これまで培ってきた力をすべて発揮できたと自負しています。またこのように、ほんものの藪池氏の背中には痣があります。これはタトゥーで再現しました』

アンドリウが青ざめた顔で言う。「なかで何やってんだ」

プレゼンだ。一世一代のプレゼンだ。

自分をほんとうの子どもにしてもらうためのプレゼンだ。

でも答える余裕はなかった。僕はアンドリウを残して、ギャラリーの裏手に走った。

久津輪鳳太郎。『お前は誰だ』

鳳一。『ほんとうのほんとうのメインディッシュですね。ふたりの藪池さんはお座りください。カメラの位置を戻します。では、僕の家の話をしますね。そう、メゾン・ドです』

ギャラリーの裏側。ふたつの非常口が見える。当然施錠されているはずだし、万が一にも防犯装置が働く可能性を考慮して近づかない。

久津輪鳳太郎。『なんだ？　メゾン？』

鳳一。『あ、いえ、メゾン・ドですよ。電波が悪いんでしょうか？　白雪(しらゆき)ましろと言ったらわかるでしょう。二十六年前、鳳太郎さんが愛した女性です。……さすがに緊張しますね。言ってしまいます。僕はですね、あなたの子――』

久津輪鳳太郎。『ああ、思い出した。**淫売宿**か。汚らわしい』

ふたたびパルクールだ。外壁の一角。ガス管と配電管が束になって、二階に伸びている。右手でつかんで、登り始めた。

鳳一。『あ、いえ……ええと……僕はですね……僕はその、白雪ましろと、久津輪鳳太郎さんの子どもなんですよ！』

久津輪鳳太郎の返事なし。

鳳一。『……えー、DNAによる父子鑑定の結果を添付します。肯定確率の項目をご覧ください』

久津輪鳳太郎の返事なし。

鳳一。『藪池清は僕たちの家を壊しました。そのために、あなたと母の仲は引き裂かれた。それから半年もしないうちに、母は心を壊して自死してしまった。家族から引き離されたからだ』

久津輪鳳太郎の声が響く。『……なるほど。お前が汐を殺したんだな』

二階までたどり着く。すぐ右手に小さな窓。この窓の向こうが、間取り図の上でグレーに塗りつぶされていた部屋である。

窓ガラスには、目の粗い網のようなワイヤーが埋め込まれていた。

鳳一。『そのとおりです』

久津輪鳳太郎。『なぜ、わしをだました？　くだらんビデオなんか使って？』

僕はポケットから、マルチドライバーを取り出した。マイナスのビットを装着している。

クレセント錠の近くを狙った。窓枠とガラスの隙間に、ドライバーの先端を突き込む。

一撃で、打撃点を中心に、放射状のひびが走った。

いわゆる三角割りだ。音もほとんどしない。

鳳一の声。『あなたと一緒に復讐したかったからです。お母さんを奪ったこの男を、お父さんと罰したかった。でも、殺し屋はいつまで経っても仕事をしない。私自身にも危険が迫ってきたので、自分の手を汚すことを決めました。しかしなにより……』

二撃。三撃と繰り返してゆく。

鳳一。『なにより、あなたに僕の技術を見て欲しかった。優れた人間の子どもには、優れた人間がなるべきだとわかってほしかった』

びっしりとひびの入ったガラス。

鳳一は、久津輪汐から、子どもの座を奪い取りたかったのだ。

だから、彼は父親に、優れた医療の腕を持つところを見せた。整形された男性は、いわばそのショーケースである。父親に認めてもらうため、彼は必死に道を極めたのだ。

ドライバーでガラスをほじくりながら、僕はむやみに悲しかった。破片がぼろぼろ剝落する。柔らかいワイヤーを引きちぎると、拳が入るだけの穴が開いた。

足をパイプに絡ませて手を離し、解錠。窓を開けて侵入する。

中は給湯室だった。

久津輪鳳太郎の声。『マガイモノの意味は?』

鳳一。『あれは……気がたかぶってしまった。僕こそほんもの、ほんとうなんだと思って』。涙ぐんでいるようだった。

ドアを開けると短い廊下。右は電気室。左は倉庫。

正面がめあてのドアだ。開けると、ちょうど久津輪鳳一のうしろ、スクリーンの裏側に出るはずだった。イメージする。ドアを出る。即座に鳳一を制圧する。彼は拳銃を表に出していなかった。すばやく抑えこむ。いける。彼はプロではない。
久津輪鳳太郎の声。『なるほどな』
出るタイミングを窺う。時間もまだ百四十秒しか経っていない。だいじょうぶだ。
鳳一。『はい……お父さん』
久津輪鳳太郎。『**ばけものめ**』
鳳一が息を呑む音。僕はドアレバーに手をかけた。
久津輪鳳太郎。『そこにいるだれでもいい！　そいつを殺せ！　**殺せ！**』
鳳一。『おとう……おとうさん……』
久津輪鳳太郎の声。『誰が父親だ！　**化け物め！**』
ガラスが砕け散る音。アンドリウの叫び声。「鳳一！　逃げるぞ！」
最悪だ。まだ三分経っていないのに。混乱した鳳一のうめき声がスピーカーから響く。
僕はすばやくドアを開けた。
久津輪鳳太郎の声が轟いている。『**おい殺し屋！　いないのか！　いつもの倍額払う！　生首の断面を見せろ！**』
目の前に巨大な白い布。スクリーンの下をくぐって表へ。
鳳一が、椅子に座った椿依代の首に、拳銃の先をくっつけていた。
彼が言う。「な……次から次に……邪魔を……なんなんだよ……」。パニック寸前だった。いつ拳銃が火を噴いてもおかしくなかった。

一眼レフがこちらを向いていた。その下のモニターに、久津輪鳳太郎がいた。

彼が叫ぶ。天井から憎しみにあふれた声が降り注ぐ。

『お前！　お前でいい！　そいつを殺せ！　殺せ！』

はじめて久津輪鳳太郎の顔を正面から見た。これまでは一方的に、見られるばかりだったのだ。

28

久津輪鳳太郎は、どす黒い顔をゆがめて叫んでいた。

『殺せ！　殺せ！』

「おとうさん……おとうさん……」

鳳一は泣いていた。顔をびしょびしょに濡らしていた。

銃口を押し付けられている椿は、僕の腕に気づくといっそう顔をゆがめた。

「鳳一……鳳一……」。アンドリウは入り口の前、ガラスまみれの床にひざまずいていた。うまく歩けないのだ。「やめろ……こっちに来い……」

また、階段の手前では、椿そっくりに整形手術された男性がうずくまって首を振っていた。

「おとうさん……」

『殺せ！　目玉を吸い出せ！』

鳳一は、ポケットからリモコンを取り出した。突然、未来的なＢＧＭが流れはじめた。スクリーンに、大学病院の外観が映った。そこにナレーションがかぶさる。

「久津輪医科大学附属病院に、美容外科が誕生！」

　鳳一の声だった。

「美容外科は、第一次大戦後にヨーロッパで誕生しました。その重要性は年々増しています。自分を好きになること、自分に自信を持てるようになることが、健（すこ）やかに生きていく上で——」

　スクリーンに、鳳一が夢想する美容外科のイメージパースが映し出された。鳳一はリモコンを持つ手で涙をぬぐいながら、スクリーンを見つめていた。「附属病院に美容外科が発足した場合、見込まれる外来患者数は年間に——」

『早く殺せ！　その化け物を！』

「暑いな。宮藤の**サウナ**みたいに」

　椿がつぶやいた。

　椿は、僕の**足元**を見ていた。

　僕の足元には、ずんぐりした**ナット**が落ちていた。

　僕は言った。

「武器を床に置きます」

　鳳一が叫ぶ。

「勝手にしろよぉ！」

『殺せ！』

　僕はポケットからドライバーを取り出すと、床に置いた。

　そしてナットを握りこんだ。

鳳一はこちらなんて見ていなかった。ただスクリーンとモニターを交互に見つめて、喉を震わせていた。

「お父さん……」

彼が拳銃を持つ手で涙を拭おうとした瞬間、僕はナットを投げた。ナットがぶち当たった拳銃は、彼の手からはじけ飛んだ。二階を囲む柵にぶつかり、床に落ちる。椿が立ち上がって、僕のほうに蹴った。僕は拳銃を拾い上げた。鳳一はただおろおろするばかりで、まったく反応できずにいた。

『楽に殺すなよ！　まずつま先を撃て！』

鳳一は、わあわあと声を上げて泣きはじめた。子どものようだった。

突然、柵に手をかけて飛び降りた。アンドリウの叫び。

僕は柵に駆け寄った。下を見る。鳳一がアウディの横にいた。足が折れているのがわかった。鳳一がトランクを開けた。

中に、女性がいた。縛られていた。怯えていた。ワンピースを着ていた。

「ほのか！」

椿が叫んだ。娘なのだ。

どこから取り出したのか、鳳一がメスを女性の顔にあてていた。

僕は拳銃を構えた。

アンドリウが叫ぶ。「やめろ！　撃つな！　やめろ！」

『殺せ！　殺せ！　殺せ！』

マントラのように響いていた。

僕なら一発だ。一発で口の中を撃ち抜ける。鳳一は撃たれたことにも、自分が死んだことにも気づかないだろう。

「殺すな……たのむ……たのむ……」

「お父さん……お父さん……」

『殺せ！　殺せ！　殺せ！』

僕はすばやく狙いを変えた。引き金を絞った。ノートパソコンが破裂する。さらに撃った。撃った。パソコンが粉になるまで撃った。

久津輪鳳太郎の声はやんだ。

僕は言った。

「愛してくれる人の声を聞くんだ」

静かになったギャラリーに、アンドリウの声が響いていた。アンドリウは、ガラスまみれの床に額をこすりつけるようにして声を発していた。

「たのむ……生きてくれ……鳳一……」

鳳一のメスが落ちた。その場に膝をついた。わーんわーんと泣いた。僕も自分の視界がぼやけているのに気づいた。拳銃を握る手が震えていた。椿が僕に言った。「お前はすごいよ」

椿が階段を下り、娘の元へ行く。僕は拳銃を捨てた。

直後、外から**スキール音**。そして**石油のにおい**。

残ったガラスをぶち破って、軽自動車が突っ込んできた。

軽自動車は燃えていた。車内に炎が充満していた。

運転しているのは、煮こごりだった。

炎の隙間から見えた。フッ素ゴムには耐火性がある。彼は自分の片肘と片膝(かたひざ)から先を焼き崩して、拘束を解いたのだ。無事な足でペダルを踏みつけ、骨が飛び出した太ももと欠けた歯でハンドルにくらいついている。

彼はまっすぐ僕を睨んでいた。

やがて自動車は爆発し、七人のうちの二人が死亡する。

29

和尚は涙していた。

薬師如来に合掌し、ご加護に感謝を申し上げていた。

久津輪鳳太郎が、何者かに焼き殺されたという知らせを受けたのだ。自宅が放火されたらしい。

二日前、彼は猛烈な勢いでクレームを入れてきた。

「殺せと言ったのに殺さなかった。あろうことかわしを撃った」

めちゃくちゃな文法と狂った猿のような金切り声だったが、和尚には彼の訴えがわかった。要は、雨乞に、富留屋芳一を殺せと頼んだのに、殺してくれなかったと繰り返しているのだ。

和尚の元には、香川県警の犬を通じて、二日前にYushima Galleryで起きたできごとの詳細が伝わってきていた。

煮こごりが運転していた三菱自動車i（アイ）は、ギャラリーの二階の柵を突き破って転落した。そして爆発。さらにその火がアウディにも燃え移り、爆発の連鎖を引き起こした。

現場からは、少なくとも二人分のミックスされた肉片が見つかっている。DNA鑑定の結果、それらは雨乞と煮こごりのものであると確定した。もちろん彼らに戸籍はない。だから和尚は、あらかじめ保存してあったふたりの毛髪を提出した。そしてその毛髪と、現場で見つかった肉片のDNAが一致したのだ。

一方、現場にいたはずの藪池清と、その娘の藪池ほのか、さらに二股アンドリウと富留屋芳一の行方はわかっていない。

四人はどこに行ったのか？

実はきのう、瀬戸内海の岡山県側で、破裂したゴムボートが発見されている。

和尚はこう考えている。

二股アンドリウと富留屋芳一は、藪池親子を人質にとって、島を脱出したのではないか？

だとすると、さらにこういった展開が考えられる。

まずは、船が転覆して、四人全員が海の藻屑（もくず）と消えたという可能性だ。しかしもっとありえそうなのは、無事に島を脱出した二股アンドリウと富留屋芳一が、ボートを本土の岸で裂いて捨てたという可能性である。この場合、荷物となる藪池親子は、海の上で殺されている確率が高い。

いずれの推理にしても、久津輪鳳太郎は、富留屋芳一が見つからないことに激高していた。「死体を渡すか金を返せ」と彼は電話越しにつばを飛ばした。

ただし、彼は着実に蝕まれていた。娘を殺したのが、自分の血を引く息子であったという事実に。彼は何度も和尚に電話してきては、罵詈雑言（ばりぞうごん）を吐き散らしながら事件の進捗を問うてきた。その声が、電話のたびに枯れて小さくなっていった。加速度的に老（ふ）け込んでいった。その末に、焼死の知らせである。

奇跡的なタイミングだった。

いつかは久津輪鳳太郎とは縁を切りたかった。彼は破滅的すぎた。理想の別れと言えた。

聖なるものの存在を感じずにはいられなかった。

涙を拭う自分の動作で、和尚は煮こごりのことを思い出した。

煮こごりは、自動車を暴走させる前、公衆電話から電話してきた。彼は炎が膨らむ音を背景に、苦痛に満ちた呼吸を繰り返しながら、自分は死ぬと言った。最後にあなたの声を聞きたかったと言った。彼が泣くのをはじめて聞いた。和尚ももらい泣きし、彼のために経を唱えてやった。電話越しに聞いたあのすすり泣きを、生涯忘れることはないだろう。

ほんとうに、いい子どもたちを持った。

雨乞のことも、煮こごりのことも、花時計のことも、そしてそのほか、蟬しぐれ、茶飯（ちゃめし）、ユスラウメなど、出会い、育ててきた子どもたちのことをほんとうに誇らしく思う。生きているあいだは日々の糧を、亡くなってからは心の平穏を与えてくれた。これで寺が抱える殺し屋はゼロになった。安心して、次のライフステージに進める。

唯一残る心配と言えば、藪池親子だけだった。もしも彼らが生きた状態で発見されたら？　彼らを放っておくのは後味が悪い。雨乞を通じて、寺に関する情報を得ている可能性がある。まあ、そもそも雨乞に渡している情報は極端に少ない。それでも、心配の芽は摘んでおくに限る。

藪池親子が発見された場合、すぐに県警の犬から連絡が来る手はずになっていた。

その場合、和尚は自分で仕事を行ってもよいと考えていた。朱鷺という名前で現場に出ていたころのことを思い出す。ずいぶん久しぶりの復帰となる。おごそかな儀式のような仕事になるだろう。殺し人生の総決算であり、区切りとなる。

頑張ってくれた子どもたちへの、餞（はなむけ）にしたかった。

また、ハワイに発つ前に鳩も処分する必要があった。本堂においでとメッセージを送っている。彼女にもずいぶん働いてもらった。なるべく楽な最期にできるよう、薬とロープを用意している。

和尚は、あらためて薬師如来に手を合わせた。これから自分が味わうこととなる、ハワイでの生活のご加護を祈った。

その薬師如来が、かすかに揺れたように見えた。

和尚の心臓がどくんと跳ねた。実は近ごろ、ひとりで本堂にこもっていると、奇妙な体験をすることがしばしばあった。それはたとえば、誰もいないはずなのに、少女の嬌声に滝の音を混ぜあわせたような不思議な声が聞こえたり、ふと目をやった薬師如来の薬壺の輪郭がハレーションを起こしたように発光しているのを目撃したり、といったことだった。

和尚は、うれしくなった。かつては神仏の類をむしろ憎んでいた自分である。隠れ蓑（かくれみの）として宗教家を演じるのは、自分なりのユーモアでもあった。しかし長年神経を尖らせて働き詰めに働いてくると、そういった聖なる天蓋（てんがい）に身を委（ゆだ）ねる快適さを思い知るようになった。救いと庇護（ひご）の可能性がいつでも残されていることに、涙が出るほど安心した。

いよいよ、聖なる存在とコンタクトを取れるようになりつつあるのかもしれない。和尚は熱いまなざしを薬師如来に送った。

薬師如来像が、左にスライドした。

その下の階段を、雨乞が登ってきた。

30

煮こごりの運転する軽自動車が、突っ込んできた。

軽自動車は、入り口を斜めに破って侵入してきた。その先にいたのはアンドリウだった。アンドリウは、火の玉のような軽自動車を見つめることしかできずにいた。

どこにそんな力があったのかわからない。大柄なアンドリウと、華奢な彼では大人一人分の体重差があるだろう。そして彼は片足を折っている。それでも彼は、鳳一は、アンドリウを突き飛ばした。

軽自動車は、アンドリウのかわりに鳳一を壁にたたきつけた。アンドリウの痛々しい叫びが耳をつんざいた。

一階には椿とほのかさんもいる。どこにいるのかここからは見えない。僕は拳銃を拾い上げると、柵に駆け寄って軽自動車を撃った。弾は助手席の窓を砕いた。

ちぎれた足と口でハンドルに食らいつく煮こごり。割れた窓と炎を通して目が合う。憎しみと悲しみに狂っていた。何か叫んでいるようだが、聞き取れなかった。

軽自動車は、一階に展示された賞状や住宅模型をなぎ倒しながら、階段の正面に戻ってくる。僕は人工椿さんを突き飛ばし、二階の正面で待ち受ける。

階段をまっすぐ駆け上がってくる軽自動車。そのフロントガラスに二発入れた。走るひび。視界を奪え。さらに左に転がりながら、柵の隙間からタイヤを狙う。**右前輪。右後輪。**

二階に躍り上がってきた軽自動車は、コントロールを失っている。

もだえるようにスクリーンを破ると、奥の壁に頭をこすりつけながら、右手の柵を破って階下に落ちた。

僕もひらりと飛び降りる。軽自動車は、アウディのすぐ隣に立っていた。頭から、床に突き刺さるようにして燃えていた。車体は三分の二ほどに縮み、固く潰れた紙コップのようになった運転席から、血の蒸発する匂いを立ちのぼらせていた。

後部座席の窓をすばやく割る。中に手を突っ込んで、助手席の背中で逆立ちしていた水槽をつかみ出す。一拍置いて、吉之進くんがミズゴケの中から顔を覗かせた。

気配を感じて見ると、エレベーターの陰から椿とほのかさんが姿をあらわした。緊張がほどけるのをこらえて叫ぶ。「爆発する可能性がある！　外へ！」。椿はうなずいて、娘を抱いて非常口へ向かった。

足元で、鳳一のメスが光っていた。

また、展示台の陰から人工椿さんも顔を出した。非常口を指さすと、彼も中腰で外へ出て行った。

アンドリウは鳳一を抱いていた。鳳一の首は折れていた。

「俺なんか助けるなよ！　ぼけぇ……」

　僕は彼の横に膝をついた。でたらめに振った彼の手が、僕の頬を打った。

「お前だれも死なせんって言ったよな！」

「すみません。死んでほしくなかった」

「出て行け！　死ね！」

「あなたは死ぬな！　あなたの無事を願った人がいるだろう！」

　アンドリウは顔を覆った。巨大な手のひらの中から、うう、ううぅ、と濡れた声が聞こえてきた。やがて顔を上げると、真っ赤な顔で鳳一を抱きあげて、出口に向かった。手伝おうとすると首を振られたので、やめた。

　足を引きずりながら彼は言った。

「鳳一は海に返す。あいつはヨットの上で言ってた。死ぬほど酔っ払ったときな。『僕はたぶん海の人間だ。森で生まれたから、おかしな感じになっただけだ』って」

　僕はうなずいた。それから彼に頼んだ。「お願いがあります」


　灯台のふもと。椿は娘の容態を確かめていた。

　ほのかさんは消耗していた。ひとまず素人が見る限りにおいて、緊急を要する異変はない。それでもなるべく早く医者に見せてあげたかった。彼女は妊娠しているのだ。味わったストレスの巨大さが心配だった。

　しかしそれでも、もう少しだけ辛抱してもらう必要があった。

僕は椿を呼び寄せて言った。

「二日間、死んだふりをしてくれませんか」

椿は怪訝そうな顔をした。続けて言う。

「和尚は、あなたとほのかさんを狙ってくる。自分や寺のことを、あなたに知られた可能性を心配しているはずだ」

和尚が最後の電話でかけてくれた、やさしい言葉を思い出す。

悲しいけれど、あの声を信用するわけにはいかない。僕を飼いならし、無力化させるための手札のひとつと見たほうがいい。

和尚は、近隣の県警に犬を飼っている。香川県警にだって飼っている。椿たちが警察に保護されたら、どこの病院に入院しているのか、どんな証言をしようとしているのか、和尚に筒抜けになってしまう。

ふたりが狙われる可能性は高い。

花時計の言葉を信じる限り、寺に殺し屋はもういない。花時計も煮こごりも死んだ。しかし花時計が知らない別部隊がある可能性もゼロではない。また鳩にだって、一般人の殺害くらいはできるだろう。警察の犬が動く可能性もある。なにより、和尚自身が手を下す可能性だって捨てきれない。

だからこそ、警察から身を隠してほしかった。

そして時間を稼いでほしかった。

僕がやるべきことをやる時間を。

椿は、僕がやろうとしていることに気づいたようだった。そして苦悶（くもん）の表情を浮かべて言った。

「もう、いいじゃないか」

僕は首を振った。「ほのかさんに負担をかけて申し訳ありません。でも、僕の安心のために、お願いします」

「警察を信じてみないか」

「あなただって信じてないでしょう。リスクは避けたい」

椿がぎりぎりと奥歯を鳴らす。そして食いしばった歯の隙間から、言葉を絞り出した。

「今回のことでわかった。俺が知ってる正義だけじゃ足りないこともあるんだ」

僕はうなずこうとした。それより早く、椿がたたみかけるように言った。

「でも、頼むから無理はしないでくれ。お前が苦しいのは知ってる」

僕はうなずいた。

そして僕は、倉庫まで戻った。

軽自動車から少し離れたところで、布切れが燃えていることに気づいた。煮こごりのマフラーだった。火を消してから、ぶら下がっている左腕を、肩の部分で切断した。

メスがあっただけましだった。

自分の腕を倉庫の隅に投げ込んだところで、ちょうど軽自動車が爆発した。じきにアウディにも誘爆するだろう。

ベルトと炎で止血した。奥歯が砕けた。まだ気を失うわけにはいかなかった。

「お前……」。椿の元に戻る。僕の腕があった場所を見て、彼は膝をついた。顔がくしゃくしゃになっていた。「なにしてんだよ……」

「和尚は僕を警戒している。シェルターにこもられたら、あるいは逃げられて顔でも変えられたら厄介だ」

「だからって……」

「仕事はこれで、最後ですから」

「……雨乞」

残った腕を見ながら、僕は言った。

「小説なら、一本あれば書けるでしょう？」

椿が涙をこぼした。

「どんなお礼がふさわしいのかわからない」

「なら、これをいただいてもいいですか？」

胸ポケットからボールペンを見せた。椿が泣き笑いの顔になった。

「何億本でもやるよ」

「お礼を言うのは僕です」

僕は頭を下げた。

「今、あなたを助けられたことがうれしくてたまらないんだ」

僕は唇を震わせながら言った。

「あなたが、あなたの小説が、僕の心をよみがえらせてくれた。僕が小説を好きなのは、僕が人間を好きだったからなんだ」

顔を上げると、椿が立ち上がって右手を出していた。

「なんつーいい顔で笑うんだよ。お前は絶対に面白いものが書けるようになる。なんか書けたら送ってきてくれ」

にじんだ視界の中、残った手で、彼の手を握り返した。温かい手だった。彼の鼓動が伝わってくるようだった。

いつの間にか、雨がやんでいた。洗い清めたように美しい光が、海のおもてを撫でていた。波の音と心臓の音が、溶けてひとつになるのを感じた。


それから僕たちは、アンドリウのゴムボートで海に出た。

椿、ほのかさん、僕、アンドリウ、人工椿さん、そして鳳一。窮屈だった。吉之進くんもいた。水槽の上には、三分の一ほどに短くなったマフラーもあった。

このメンバーで船に乗り込むことに、当然のことながらほのかさんは強烈な抵抗を示した。でも椿が説得してくれた。今も椿は、ほのかさんに肩を貸して励ましている。「一時間の辛抱だ」

海の真ん中で、アンドリウは鳳一の死体を降ろした。「♪baby……baby……」

歌い終わったアンドリウに、椿が言う。「自首してくるのを待ってる。できるだけ便宜を図る」。椿はゴムボートに乗せてもらうかわりに、一定期間アンドリウのことを県警に報告しない。お互いに約束をかわしてもらったのだ。

アンドリウは鼻で笑った。

僕は言った。「死なないでください」

アンドリウはまた鼻で笑う。「死なねーよ」。続けて彼はなにか言おうとしたが、やめて人工椿が指さす方向を眺めた。海鳥が飛んでいた。

彼が呑み込んだ言葉はたぶん、『まだやることがある』だ。

僕は、ＭａｃＢｏｏｋのＳＳＤを壊して海に沈めた。

一時間ほどで、岡山県瀬戸内市の岬に到着する。椿はボートに乗る前、大阪府警の横木警部に連絡していた。ほのかさんのスマートフォンを使ったのだ。のちに合流し、大阪府警にも秘密裏に、安全な病院に連れていってくれるそうだ。人工椿さんも治療を受けられるらしい。

だから彼らとは、岬で別れた。ほのかさんに頭を下げた。ほのかさんも、うなずいてくれた。

アンドリウはゴムボートを裂いて海に捨てた。それから彼が知る、元闇医者のところへ行った。台湾人の元闇医者は、倉敷市の美観地区に住んでいた。古本屋を兼ねた彼の住居の風呂場で、僕たちは並んで治療を受けた。

古本を読んで、そのときが来るのを待った。

そのときが来た。

僕は、花時計の言葉を思い出していた。

『覚えとる？　和尚が魔法使えるってやつ』

僕は山に来ていた。あたりは暗くなり始めていた。

車庫があった。分厚いガルバリウム鋼板のシャッター。ただの車庫にしては物々しすぎる、立派な鍵がかかっていた。ピッキング。開けると、二人乗りの赤いビートルがあった。

車庫の奥にはギャッベが敷かれていた。イランの遊牧民が作る絨毯だ。生命の木のモチーフが織り込まれている。

めくると、鍵穴つきのハッチが現れた。ピッキングする。開けるとはしご。下ると、細いトンネルが伸びていた。

王様の住む城のようなものだ。脱出用の隠し通路が設けられていたのだ。

そしてその通路は、足となるものがある場所につながっているほうが、便利である。

五分ほど進むと、上に伸びる階段があった。


和尚は、目を見開いていた。出口のほうに後ずさりした。

彼がほんの一瞬、背後と右の棚に意識を向けたのがわかった。背後にはドアのレバー。右の棚には、銃器が隠されている。

しかし逃げられないし、かなわないとわかっているのだろう。

コンマ数秒後に、和尚は顔をゆがめて笑った。幼いころから繰り返し見てきた、優しい顔だった。こめかみに汗がにじんでいた。

「雨乞。よく帰ってきてくれたな」

僕はうなずいた。「戻りました」

「腕はどうした?」

「必要なことでした」

「そうか……でも心配するな。働く必要はもうなくなる。これからは、ただそばにいてくれることがお前の仕事になる。自慢の息子としてな」

和尚は両手を広げた。香と汗の匂いが伝わってきた。

僕は、頭を下げた。

「やっぱりあなたを憎むことはできません」

和尚は虚をつかれたようだった。「おお……そうか、私もいつもお前を——」

「今こうしていても、あなたへの想いをゼロにすることはできない」

かすかな衣擦れの音がした。おそらく、匕首かなにかを取り出そうとしているのだろう。悲しい。でも、仕方のないことだった。

「和尚。ほんとうに今まで、ありがとうございました」

ギュルっ。頭を下げたまま、その場で前宙した。

空中で片足を伸ばし、踵を落とした。

腕を汚すわけにはいかないのだ。

その後、備蓄品の軽油を使って火を放った。本堂と、誰もいない庫裏に。

「あま……ごい……？」

振り返ると、門のところに金髪の女性がいた。エナメルのバッグが地面に落ちていた。鳩の声だった。派手で若々しい服装をしていたが、遠目でもわかるほどに深い皺が顔中を覆っていた。

ポリタンクを炎に放り込んでから、彼女に近づいた。

「人間になれるんだ。僕たちは」

彼女の横を抜けて、山を下りた。

31

そして僕は今、金沢の小さな港町にいる。

住み込みの仕事を見つけた。古い一軒家を改築したゲストハウスだ。花時計が働いていたような宿である。なにより素晴らしいのが、その一階がカフェバー兼古本屋であるということだ。オーナーの老夫婦は気のいい人たちで、僕が本を借りて読むことを喜んでゆるしてくれた。

ゲストハウスの屋根裏部屋が僕のねぐらだ。窓からは日本海が見える。近くに醤油蔵があって、いつもふくよかな香りが漂ってくる。

金沢に来て、僕は初めてもろみというものを食べた。うますぎる。生野菜につけてかじるのも最高だけど、僕がいちばん好きな食べ方はおにぎりだ。湯島で食べたおにぎりに、勝るとも劣らない味がする。

朝早く起きて、水槽の吉之進くんに挨拶をする。吉之進くんはひと回り以上大きくなった。水槽の隣には、焦げて縮んだマフラーがある。そしてまだ外が薄暗いうちに、僕は小説を書く。島でもらったボールペンを使って。あっという間にインクが切れてしまうので、しょっちゅう近くの文房具屋に行き、替芯をまとめ買いしている。

椿には一度、原稿を送った。原稿用紙三百五十枚。封筒に入れて。

彼にコンタクトを取るのは、島を出て以来、それが初めてのことだった。

三週間ほどして、びっしり赤の入った原稿用紙が返ってきた。彼の指摘はいちいち読者に親切で、しみじみプロなのだと胸を打たれた。

今、僕は新作に取りかかっている。

疲れたら、椿からもらった手紙を読む。赤の入った原稿用紙に、同封されていたものだ。

手紙には、椿が警察をやめたということが書かれている。専業作家になったのだ。今はもうあの島におらず、丸亀市の海沿いの町に住んでいるらしい。この原稿も、後任の駐在から転送されてきたそうで、少しだけ肝を冷やしたそうだ。言うまでもなく、無事に出版された椿の新作は素晴らしく、僕はあっという間に全文覚えてしまった。

手紙には、近所の食事屋さんがいくつか紹介されていた。とりわけ歩いて十秒ほどの位置に、とんでもなくうまい骨付鳥の店があるそうだ。そこでテイクアウトして、これもまた近所の持ち込みOKなクラフトビール屋さんに行くのが最近の贅沢らしい。

さらに手紙には、ほのかさんの赤ちゃんのことも書かれていた。無事に一歳を迎えたということである。母に似て、恐ろしいほど賢いということが、言葉を変えながらみっちりと記されていた。

そして手紙の最後は、次のような一文でしめくくられている。

「……それから、孫の名前をまだ伝えていなかったな。ほのかが名付けたんだ。先に断っておくが、俺はなんの相談も受けていないし、助言もしていない。でもいい名前だ。とても優しい。そして美しいと思う。俺の孫の名前は、『慈雨』という。」

岡崎隼人（おかざき・はやと）
1985年生まれ。岡山県在住。
『少女は踊る暗い腹の中踊る』で
第34回メフィスト賞を受賞しデビュー。
本書が著者の第二作となる。

本書は書き下ろしです。
この物語はフィクションです。
実在するいかなる個人、団体、場所等とも一切関係ありません。

だから殺し屋は小説を書けない。

2024年3月12日　第一刷発行

著　　者　岡崎隼人

発行者　森田浩章

発行所　株式会社講談社
〒112-8001 東京都文京区音羽2-12-21
電話　（出版）03-5395-3506
（販売）03-5395-5817
（業務）03-5395-3615

KODANSHA

本文データ制作　講談社デジタル製作

印刷所　株式会社KPSプロダクツ

製本所　株式会社国宝社

定価はカバーに表示してあります。
落丁本・乱丁本は購入書店名を明記のうえ、小社業務宛にお送りください。
送料小社負担にてお取り替えいたします。
なお、この本についてのお問い合わせは、文芸第三出版部宛にお願いいたします。

ISBN978-4-06-534810-9 N.D.C.913 287p 19cm